NOUVELLES
D'AMÉRIQUE
CENTRALE

par

Cécile Chabot

PRÉFACE

Nouvelles d'Amérique centrale s'est construit au fil des années. Son idée m'a accompagnée en 2005 lors d'un périple au Yucatán, Chiapas, Belize et Guatemala. Sa présence se faisait toujours sentir en 2007 dans la Sierra Madre quelque part entre Cordoba et Tetzonapa (je participais cette année-là à une expédition spéléo). Puis vinrent le Salvador, le Nicaragua, le Panama... Au fil des voyages, je ramassais des briques de réalité, je récoltais des fils d'inspiration au détour d'une conversation ou de la lecture d'un fait divers, j'engrangeais des impressions, des souvenirs.

Mais qu'il n'y ait pas de confusion ; *Nouvelles d'Amérique centrale* n'est pas un récit de voyages, sauf éventuellement au pays de l'imaginaire et d'une Amérique centrale rêvée.

Cécile Chabot
Bruxelles, le 22 novembre 2013

MEXIQUE

LE DF[1]

Le DF, c'est d'abord un nuage gris sale. Le DF, c'est la fournaise permanente dans cette cuvette qui condense les rayons du soleil et les fait converger sur la tête des habitants comme une loupe sur des fourmis grouillantes. Le DF, c'est cette odeur âcre qui vous prend à la gorge dès que vous descendez du bus. Le DF, c'est la ville dont il a rêvé tant de nuits à la ferme, la ville immense, la ville grondante, la ville éclatante, la ville ronronnante au milieu de la nuit, la ville sale, la ville pouilleuse, la ville qui l'enserre, qui l'étouffe. Ricardo la sent vibrer dans ses os. Il lui suffit de poser dans le noir la main sur le mur crasseux pour sentir sa trépidation, sa chaleur. La ville, c'est l'organisme tentaculaire, le monstre, le *Léviathan*, la tache d'algues nauséabondes qui croît sans fin. Et lui ? Lui, il est maintenant une simple cellule charriée au fil du courant. Lui, le monstre de ses rêves, de ses cauchemars, l'a déjà englouti, l'absorbe, le dévore, le digère et le rejettera

1 DF pour «Distrito Federal » : Mexico City, district fédéral similaire au District de Columbia aux USA (le Mexique est lui-aussi un état fédéral).

11

comme un petit tas d'excréments inutiles, un jour. Il est seul, un corps étranger à la ville, un corps qui ne doit pas trop se faire repérer, qui ne doit pas déclencher de réaction de rejet. Que se passerait-il s'il croisait un anticorps, qu'il lui demande ses papiers, que sa tête ne lui revienne pas. Ricardo rêve à moitié, pense à moitié.

Ricardo se retourne, se renfonce dans l'oreiller maigre, essaie de se rendormir, n'y arrive pas, commence à émerger. Le petit train des pensées terribles se met en route. Son cœur s'emballe. Des images rapides défilent. Il se voit détruit, broyé par la machine, par la ville. Il se voit le regard éteint, amer, le dos courbé comme le vieux cireur de chaussures du Zocalo. Il se voit dans la déchéance d'un travail sans avenir, maçon ou peintre, sans espoir de gagner plus que le strict minimum pour survivre à la ville. Il se voit rêvant désespérément du village et des ruines, maintenant un inaccessible paradis. Alors qu'il y a dix ans, il ne voulait qu'une chose : partir, quitter le village, le laisser derrière lui. Quelle ironie.

C'est le moment où son bon sens surnage, se réveille, lui, et lui lance à bout de patience qu'il doit arrêter de se faire des films, que cela n'arrivera pas, qu'au pire, il retournera aux États-Unis, dans le département de Jane, même si ça ne l'enthousiasme pas, même s'il se sent mal en Californie. Et son bon sens le morigène. Il savait pourtant bien, en refusant l'offre de Jane, en prenant ce billet d'avion pour rentrer au pays, qu'il ne devait pas se faire d'illusions, que ça lui prendrait du temps pour rencontrer les bonnes personnes, celles qui pouvaient dégager un budget, l'intégrer dans une équipe, qu'il n'avait que ce qu'il méritait en ne préparant pas mieux son retour, qu'il ne devait pas espérer décrocher un poste tout de suite. Que croyait-il ? Qu'il était le seul doctorant en archéologie à rechercher un poste ? Mais des doctorants en archéologie, Mexico en regorge ! lui lance son bon sens amusé de sa naïveté. Et son bon sens insiste, qu'au pire, s'il ne décroche pas ce poste d'assistant, en tout cas pas tout de suite, son anglais est bon, qu'il sait coder en python, que sa thèse lui aura au moins appris ça, et à utiliser des bases de données aussi, qu'il sait bien qu'il trouvera quelque chose, qu'il doit arrêter de se faire peur comme ça.

Ricardo est maintenant allongé sur le dos et contemple une crevasse au plafond qu'il distingue à peine dans l'aube naissante. Il la fixe du regard, se force à respirer lentement, régulièrement. Et son bon sens repart, inexorable. Ce qui ne va pas chez lui, c'est que là, sous le doctorant, le boursier qui s'est frayé son chemin jusqu'à l'université étrangère rêvée de tous, il y a toujours le petit métis impressionné qui débarque du village. En fait c'est comme ça qu'il se voit toujours, lui lance son bon sens implacable. C'est ça qui cloche avec toi, insiste son bon sens. C'est d'ailleurs ça qui a cloché avec la fille qu'il a rencontrée la veille dans ce bar. Et puis, en fait, c'est à cause d'elle qu'il est en train d'angoisser à mort. Ça aussi, il le sait. Elle et tout ce qu'elle représente, une vie normale, une vie d'universitaire, qui rencontre des filles bien, qui les intéresse, qui peut les ramener dans un appartement moderne de la Zona Rossa et pas dans cette chambre miteuse du Centro Historico. Il fixe cette crevasse dans le plafond et ce qu'il voit c'est le sourire de la fille et son regard. Et le reste valait la peine aussi, se dit-il avec un sourire, le premier de cette nuit. Il se demande comment l'appeler. Oui, il a son numéro. Elle le lui a donné. Ça l'étonne encore. Mais que peut-il lui dire ? Que peut-il lui proposer ? À la moindre suggestion, il va se trahir, trahir le fait qu'il n'a pas d'argent, qu'il n'a pas de boulot, pas d'appartement, pas de famille pour assurer derrière. Et elle, elle avait l'air d'avoir tout ça. Pourquoi avait-elle accepté de lui parler ? Pourquoi lui avait-elle donné son numéro ? Peut-être qu'il est faux d'ailleurs, se dit-il brusquement. Mais non, elle avait vraiment eu l'air intéressée par ce qu'il lui avait raconté de la Californie, de sa thèse, de ses espoirs et c'est elle qui avait proposé de prendre un café un jour et c'est elle qui le lui avait donné, ce numéro de téléphone.

Et voilà, il est reparti dans la spirale des idées sans fin. Celle-ci est plus attirante. C'est la spirale ascendante d'espoirs, de rêves, qui le tire vers le haut. Le problème de la spirale qui le tire vers le haut, c'est qu'elle ressemble à ces tornades qu'il a vues au Texas, ces tornades qui arpentent la plaine et qui happent tout ce qui passe à leur portée, le propulsent dans les airs... pour le faire s'écraser au sol dès qu'il ressort de leur zone d'influence. Et c'est exactement la même chose avec la spirale de rêves, d'envies, de projets qui le tire vers le haut. Dès qu'il sort de son influence, il s'abat de nouveau au sol, assommé par le choc du retour brutal à la réalité. La réalité, c'est qu'il est dans une chambre miteuse du Centro Historico et que cette chambre miteuse du Centro Historico, il ne va même plus pouvoir se la payer très longtemps.

Ricardo se lève d'un bond. Il fait jour maintenant. Autant sortir, manger un morceau, reprendre le tour des assistants et des professeurs. Acheter un journal, ou aller dans un cybercafé, et mettre en place son plan B : rechercher un autre boulot que l'archéologie, un boulot dans l'informatique ou n'importe quoi, un boulot qui lui permette de manger, et peut-être même de louer un appartement, un appartement où il pourrait amener la fille, si jamais il la revoit.

Ricardo s'étire sous la lumière verdâtre des lampes économiques. Il vient de passer trois heures devant son écran à éplucher les offres d'emploi. Il a répondu à plusieurs. Il verra bien. Il est temps maintenant de penser à autre chose. Il a faim. Le type à côté de lui est en train d'envoyer un mail. Normal, se dit-il. C'est ce que font la plupart des gens ici. Ce qui l'étonne un peu, c'est la manière furtive qu'il a d'essayer de cacher l'écran. Pourquoi ? C'est si important que ça ? Le type lui jette un regard mauvais. Ricardo se lève, se dirige le comptoir et paie ce qu'il doit à la jeune fille au sourire fatigué. Il descend l'escalier étroit et sale. Il se retrouve dans la chaleur lourde, en pleine lumière. Il entend des pas derrière lui. Avant même qu'il puisse se défendre, un bras lui enserre la gorge.

— Pourquoi étais-tu si curieux ? lui lance une voix rauque, brutale.

Ricardo a peur. Encore un fêlé, se dit-il, un type qui boit trop ou qui se came. Comment l'apaiser ? Ce type, il ne va jamais accepter une explication rationnelle. Et puis merde, se dit Ricardo à bout. Alors, il se lâche. Il raconte qu'il est sans boulot, qu'il en cherche, qu'il est en train de glisser sur la pente, qu'il crève de peur.

— Qu'est-ce que tu crois, que je m'intéresse à tes amours ? lui lance-t-il avec le plus de hargne qu'il peut trouver en lui.

Ricardo, rigide, s'attend à la morsure d'un couteau. Mais non, l'étreinte se desserre lentement. Ricardo se retourne et contemple le type : petit, les cheveux courts, la chemise propre et le sourire mauvais. Il y a peut-être de l'espoir. Le type le regarde pendant de longues minutes sans rien dire puis lance :

— Viens ! On va aller se prendre un verre.

Ricardo suit, sans trop savoir pourquoi.

— Je suis prudent, continue le type. Peut-être trop parfois.

Ils rentrent dans un café et le type commande deux bières. Ils vont s'asseoir au fond, le plus loin possible du comptoir.

— Ainsi, tu cherches du travail ? demande le type par-dessus son verre après avoir avalé une gorgée.

— Oui.

— Quoi comme travail ?

— Quelque chose qui me permette de continuer mon doctorat.

— Ton doctorat ?

— Oui, en archéologie. Je veux devenir archéologue. Je veux terminer mon doctorat ici, à Mexico. Mais...

— Mais tu dois trouver de l'argent pour ça. Tu parles anglais ?

— Oui.

— Tu serais prêt à faire de temps en temps une course pour moi ?

— Ça dépend quoi, répond Ricardo.

— Oh, rien qui ait à voir avec la drogue ! répond le type avec un sourire entendu. Il s'agit juste d'envoyer un paquet de temps en temps pour moi.

— Envoyer un paquet ?

— Oui, aller à la poste, remplir les papiers. Payer le port. Envoyer, quoi !

— Pourquoi as-tu besoin de moi ? demande Ricardo avant de terminer son verre d'un coup.

— Parce que j'en ai pas mal...

— ...Et que si les douaniers tombent dessus, tu ne veux pas être celui qui plongera dans les emmerdes, termine sèchement Ricardo en faisant mine de se lever.

— Peut-être. Mais je te dis, ce n'est pas de la drogue, répond le type en le retenant par le bras et en le forçant à se rasseoir.

— Alors, c'est quoi ?

— Quelque chose qui n'est en vente qu'ici au Mexique et que des étrangers veulent acheter. Tu vois, c'est légal, continue le type d'un ton rassurant. S'ils venaient eux-mêmes ici, ils n'auraient pas besoin de moi. C'est en vente libre. Mais dans leur pays, non. Tu n'auras pas de problèmes avec la douane mexicaine, crois-moi. Les seuls qui peuvent avoir un problème, c'est peut-être eux, à l'autre bout. Mais pas toi.

— Alors, pourquoi ne le fais-tu pas ? reprend Ricardo. Franchement, ça ne m'intéresse pas.

Cette fois, il se lève sans que l'autre essaie de le retenir.

Ricardo attend dans un couloir mal éclairé que le séminaire se termine. Immobile, il fixe du regard la porte fermée du séminaire d'archéologie comparative. Il veut voir le professeur Rajoj. Il veut lui parler quelques minutes. Il y a cet assistant qui part pour Cambridge. On lui en a parlé hier ; une place qui se libère, même si ce n'est que pour quelques mois, il la veut. Un bruit le fait sursauter. C'est le murmure des voix à l'intérieur. Le séminaire est terminé. La porte s'ouvre. Un flot d'étudiants émerge, bruyant, joyeux. Certains lui jettent un regard sans même ralentir puis le dépassent. Dès que le professeur Rajoj apparaît dans l'encadrement de la porte, il plaide sa cause, d'une voix rapide, pressante. Le professeur ne s'arrête même pas. Ricardo insiste en marchant à grands pas à ses côtés et n'obtient rien d'autre qu'un regard de basilic et quelques mots lancés d'une voix coupante. Non, le professeur a déjà quelqu'un d'autre.

Ricardo erre dans les couloirs déserts. Il se fait tard. Le vide s'est fait : plus d'étudiants, plus de professeurs, plus d'assistants, plus d'espoirs, plus de rêves. Il erre dans un fantôme d'université, dans un cauchemar d'université. Il voudrait se réveiller, se réveiller dans son lit à la ferme, se réveiller pour s'habiller dans l'ombre, sortir de la chambre qu'il partage avec Jorge, aller dans la cuisine prendre les tortillas laissées la veille par Tante Maria et s'en aller à l'école. S'éveiller dans une vie simple, sans incertitudes, sans peur du lendemain. Il est là à déambuler dans ces couloirs vides, à croiser un veilleur curieux, à revenir sur ses pas, chercher la sortie. Cette dernière claque l'écrase, l'explose, réduit en miettes son rêve, son rêve d'être archéologue, son rêve de revenir à Tonina. La tornade l'a rejeté dans cette réalité faite de couloirs glauques sans fin.

Il retourne au cybercafé. Peut-être a-t-il déjà reçu une réponse ? Au moins une, prie-t-il silencieusement en ouvrant sa boîte mail. Mais non, rien. Rien, encore rien, encore un jour de rien. Un jour perdu à se demander comment s'en sortir sans trouver de solution. Le type du matin vient s'asseoir à côté de lui, lui jette un regard en coin et lui demande avec un sourire railleur :

— Des bonnes nouvelles ?

— Non, répond d'une voix froide Ricardo. Pas de nouvelles.

— Tu serais encore intéressé par ce que je t'ai proposé ce matin ? lui chuchote le type.

— Je veux savoir ce que c'est.

— Oh, tu peux savoir, ce n'est rien d'illégal, te dis-je.

Il n'y a plus personne d'autre dans le cybercafé que la petite du comptoir encore plus fatiguée que le matin.

— Tu vois, c'est très simple, j'envoie des médicaments vétérinaires qui sont parfaitement légaux ici mais que les Européens ou les Américains ne peuvent plus se procurer. Alors, je vais les chercher en pharmacie et les leur envoie. Rien de plus simple.

— Rien de plus simple, en effet, répond Ricardo. Combien me donnerais-tu pour l'envoyer, ce colis ?

— Cent cinquante dollars à chaque fois.

— C'est beaucoup.

— Oh, je garde plus, répond le type avec un sourire.

— Oui, j'imagine.

— D'accord, répond Ricardo après un moment de silence. À une condition, que je puisse voir le paquet ouvert et que c'est bien ce que tu me dis ; pas de drogue.

— Oh, pas de soucis pour ça, répond le type. Si tu veux, je peux même te confier tout le reste. Tu vas acheter toi-même. Tu fais le paquet. Comme ça, tu sais que je ne te mens pas.

— Dans ce cas, c'est combien ?

— Deux cents si tu te charges de tout.

— Et tu en as souvent, des demandes ?

— Ça dépend. Parfois oui, parfois non. Plusieurs par mois. Je suis connu, tu sais.

— Connu ?

— Oui, connu pour être quelqu'un de fiable. Les gens à l'autre bout, ils attendent mon colis. Tu comprends ?

Oui, Ricardo comprend ; pas question de le doubler. Et Ricardo accepte. Ricardo envoie le premier colis. Deux cents dollars, ça lui permet de tenir deux semaines. Puis, il y a un second. Celui qui lui permet d'attendre le retour du professeur Flores, parti sur le terrain et qui ne reviendra qu'en mai. Le troisième ? C'est si facile. Le quatrième, il est habitué maintenant. Il ne se pose plus de questions. Il ne veut surtout pas se poser de questions. Il a bon espoir que le professeur Flores lui dise oui, oui pour la nouvelle année académique. Et puis, il y a un cinquième, parce que le professeur Flores a dit oui et qu'il doit tenir jusque septembre. Le sixième, c'est pour emmener la fille, qu'il a revue, dans un bon restaurant. Et enfin un septième, parce qu'il dépense plus maintenant.

Et puis, un jour de septembre, la réalité redevient belle. La spirale de ses rêves, de ses espoirs se concrétise, enfin. Ce jour de septembre, il prend possession d'un petit bureau de l'université. Plus besoin de retourner dans ce cybercafé miteux. Plus le temps. Il enfouit ça dans les replis de sa mémoire. Rien n'est arrivé, rien ! Il a été dans une pharmacie, on lui a remis ce qu'il a demandé. Il a payé. Il a posté. À Brisbane, à Mulhouse, à Detroit, à Leeds, à Birmingham, à Paris, à Berlin. Oui, le dernier, c'était Berlin. Il a toujours rempli sa mission avec efficacité, aucun colis perdu. Aucun problème avec la police. Un boulot d'étudiant pour attendre la rentrée, voilà tout. Il se replonge dans son séminaire. Il doit collationner deux cents reproductions de glyphes pour le lendemain.

Les années passent. Il a épousé la fille. Il est devenu maître de conférences, professeur, a changé d'université. Il est même retourné au village, à Tonina, pour travailler sur les ruines. Puis, il est reparti aux États-Unis. Cette fois-ci, ça ne l'ennuyait pas tant. Il a Beatrix maintenant et les enfants. Pour les enfants, la Californie, c'est mieux et Beatrix aime ça. Il est bien. Il a un poste à l'UCLA[2]. Il est content. Il revient du travail dans sa voiture. Il s'arrête en route pour acheter le lait et les fruits que Beatrix lui a demandés par téléphone. Il prend le journal à la caisse et salue la caissière en espagnol. Elle aime ça, il le sait. Elle lui répond avec un sourire. Il se dirige vers sa voiture, le journal en mains et commence à lire la première page, la première page où s'étend un grand titre « Ouverture du procès du marchand de mort ». Suit en petit « de notre correspondant à Mexico City ». C'est ça qui l'arrête. Ça et la photo en dessous ; la photo d'un type petit, les cheveux courts, la chemise propre et le sourire mauvais.

Ricardo s'arrête à côté de sa voiture sous le soleil de Californie, le cœur battant. Ricardo n'est plus à côté de sa voiture sous le soleil de Californie. Il est de retour dans ce cybercafé sous la lumière verdâtre des lampes économiques. Il est de retour dans cette chambre miteuse du Centro Historico à contempler une crevasse au plafond. Il est de retour à errer dans ces couloirs déserts, mal éclairés où il essaie désespérément d'intéresser un professeur après l'autre. Il est de retour dans ces petites pharmacies, jamais les mêmes, toujours loin du centre, où il va acheter sa marchandise. Il est de retour dans ces petits bureaux de poste, jamais le grand, jamais celui de *Bellas Artes* où il y a des gardes. Il se demande avec angoisse s'il a laissé des empreintes sur les colis. Il se demande avec angoisse si le type a gardé des notes sur lui. Il essaie de se souvenir ; lui avait-il

---

2 UCLA : University of California, Los Angeles.

donné son nom de famille ? Non. Mais le type savait qu'il était doctorant en archéologie, non ? Pourquoi le lui avoir dit ? se demande Ricardo dans un vertige, un vertige à contempler le regard mauvais du type sur la photo, le regard du type accusé d'avoir envoyé ce pentobarbital[3] aux candidats au suicide de tous les coins du monde, et à certains candidats au meurtre, en plus.

---

3 Pentobarbital : barbiturique pouvant entraîner la mort en cas de surdose, toujours en vente libre au Mexique pour usage vétérinaire.

SANTA ELENA

MARIA ISABELLA SORT de la pièce du fond qui sert de réserve aux marchandises et de chambre pour elle-même, traverse le magasin et relève le store métallique. Elle jette son coup d'œil habituel. Aujourd'hui, la rue poussiéreuse est déserte. Depuis quinze jours que la fête dure, la fête du saint, de leur saint, personne ne dort beaucoup. Au rythme de deux processions par jour et d'un concert chaque soir se terminant tard dans la nuit, tout le monde, sauf les frères Obregon, les fêtards les plus obstinés du village, est épuisé.

Au matin du seizième jour, le village dort enfin. Le matin du seizième jour, il n'y aura pas de procession. Le matin du seizième jour, comme toutes les autres années, les forains démonteront leurs attractions et abandonneront la plaza devant l'église. La *Tienda del Buen Pastor*, située à la sortie du village au croisement avec la nationale, est trop loin pour qu'elle entende leurs préparatifs de départ, mais elle sait qu'ils ont déjà commencé. La jeune fille retourne à pas lents vers le comptoir et allume la télévision branchée en permanence sur

Tv Novella. Elle baisse le son - sa mère se lèverait toujours trop tôt - et s'abîme dans la première série du matin. Il n'y a rien d'autre à faire qu'attendre, attendre les clients, attendre le repas de midi, attendre la fin de la journée.

Miguel attendait, lui aussi. Il faisait nerveusement les cent pas dans le hall de marbre de l'estancia ; il s'arrêta un moment devant la console dorée Louis XVI et le miroir la surmontant. Son regard restait fixé sur son reflet mais son attention se perdit dans le souvenir de sa première rencontre avec Sophia : les groupes discutant gaiement à la fête des Juarez, l'arrivée tardive de la dernière invitée, qui n'avait cure des regards convergeant sur elle, superbe et élancée dans une longue robe noire, son air fier lorsqu'elle s'était avancée vers la maîtresse de maison pour lui souhaiter le bonsoir, et sa chance à lui lorsqu'il s'était retrouvé à table à son côté, leur première partie de tennis, leur premier repas en tête-à-tête dans un restaurant discret (ce fut l'occasion pour le réalisateur d'économiser une minute d'image en condensant les deux derniers épisodes). Sa rêverie fut interrompue par la servante Maria, petite, la quarantaine, d'origine indienne qui, deux pas en arrière comme il se devait, lui annonça que Don Hernando était maintenant prêt à le recevoir dans la bibliothèque.

Absorbée par les amours contrariées de Miguel et de la belle Sophia, Maria Isabella ne prend conscience d'une présence dans l'encadrement de la porte que lorsque retentit un bonjour tout à la fois sonore et hésitant. Elle tourne la tête et voit Gustavo lui sourire nerveusement. Une pensée lui traverse l'esprit : c'était le même sourire avec lequel il l'avait abordée quinze jours plus tôt sur la plaza. Ce matin-là, elle se dirigeait comme tous les matins vers la boulangerie prendre le lot habituel de pains qu'elle revendrait au magasin. Lui, il montait un carrousel avec son père. Elle s'était arrêtée un moment pour les regarder faire. La plateforme circulaire et les montants dorés étaient déjà en place. Ils étaient en train d'installer la toiture légère. Puis, ce fut au tour des décorations.

Le vieil homme restait en bas et les passait silencieusement au garçon qui escaladait avec légèreté la structure pour les accrocher sans hésitation. Maria Isabella, charmée par ses mouvements souples et agiles, était restée longtemps immobile, oubliant le pain, sa mère et la boulangère qui la regardaient avec curiosité par la vitrine.

Lui, il s'était bien rendu compte de la jeune fille arrêtée et du regard admiratif qu'elle lui jetait. Du toit du manège, il lui avait souri ; ce qui l'avait fait, elle, s'engouffrer avec précipitation dans la boulangerie. Au sortir de celle-ci, les bras encombrés des deux sacs de pains habituels, Maria Isabella avait jeté un dernier coup d'œil : le carrousel était prêt à fonctionner maintenant... et désert. Elle s'en retournait, un peu déçue, lorsqu'il surgit de derrière leur caravane et lui dit bonjour, embarrassé. Sans trop savoir comment continuer la conversation, il mentionna l'église qui les surplombait du haut de sa volée de marches : il aurait bien voulu la visiter, voir le saint... Elle aurait bien voulu l'accompagner, lui montrer, mais elle devait rentrer. La conversation fléchit puis retomba brutalement.

Maria Isabella sentit qu'une seconde de plus et elle devrait partir, lorsqu'il lui proposa de l'aider à porter ses sacs. Elle allait refuser, gênée, quand, s'enhardissant, il les lui prit des mains et se mit en route.

— Écoute, dit Maria Isabella honteuse, laisse-moi au moins en porter un !

— D'accord, lui répondit-il en plaisantant. En échange, tu me dis ton nom.

Elle récupéra donc son sac contre le prix convenu et ils continuèrent à marcher.

— Mais maintenant, c'est moi qui ne connais pas le tien, ajouta-t-elle. Ce n'est pas juste.

— Le prix, c'est aussi un sac, répondit-il sérieusement.

— Quoi ?

— Si tu veux connaître mon nom, tu dois me rendre l'autre sac.

Ils se mirent à rire et elle le lui tendit. Il s'arrêta et, s'inclinant légèrement, se présenta :

— Gustavo, gérant en second du manège Fernandez et porteur de sacs.

Ils rirent de nouveau et marchèrent d'un bon pas jusqu'au Buen Pastor. Il la quitta brusquement à la porte de la tienda, ne voulant pas y entrer et lui jeta un "à demain" assuré. Maria Isabella ne répondit rien et rentra dans le magasin. Sa mère, comme d'habitude, la traita de fainéante et lui demanda d'un ton aigre pourquoi elle avait été si longue. Maria Isabella, comme d'habitude, attendit avec patience la fin de la semonce puis se tourna vers la télévision.

La soirée des Hernandez était un succès. Les invités se prélassaient sur la terrasse au bord de la piscine, les femmes portaient des toilettes légères et brillantes, les hommes, eux, les plus vieux en tout cas, discutaient gravement de leurs affaires par petits groupes. Les serviteurs portaient des plateaux chargés de nourritures délicates et les présentaient avec déférence aux invités. Un peu à l'écart, Miguel et Sophia se parlaient bas. Quand Miguel irait-il déclarer leur amour au père de Sophia ? Elle se fit pressante : ne voyait-il pas qu'il devrait agir rapidement depuis que son père s'était mis en tête de la marier avec son associé ? N'aurait-il donc aucun courage ? Ses beaux yeux pleins de larmes imploraient maintenant Miguel.

Le lendemain, Maria Isabella retourna à la boulangerie, un quart d'heure à l'avance, le cœur battant. Gustavo l'attendait et l'arrêta au passage avec le même sourire.

— Bonjour Maria Isabella. Dis, et si tu me faisais visiter le village ?

— Mais il n'y a rien à visiter, répondit-elle interloquée.

— Il y a au moins l'église.

Ils grimpèrent la raide volée de marches qui surplombaient la place. Au sommet, ils se trouvèrent face au parvis ; une vraie seconde place au-dessus de la première dont l'ampleur ne se devinait pas du bas, en légère montée et bordée de chaque côté de hauts parapets et de deux rangées de réverbères. Et puis, il y avait l'église, tout au fond, dont le portail ouvert permettait de deviner, comme blotti au fond d'une grotte, un autel flamboyant à la lumière des cierges.

Ils la contemplèrent un moment en silence puis se retournèrent vers le village qu'ils dominaient maintenant : les manèges et échoppes de la fête au premier plan sur la plaza, puis les maisons basses, collées les unes aux autres et enfin, la campagne tout autour, sauf là où la nationale effleurait l'extrémité du village de son long ruban gris et désert.

— Cela doit être encore plus joli au soleil couchant, non ? lui demanda Gustavo.

Elle répondit que oui, se rendant compte pour la première fois de sa vie que la lumière du soir devait en effet ajouter à la beauté des murs roses. Une grande envie lui vint subitement de revenir le soir-même profiter encore de cette vue à laquelle elle n'avait jamais vraiment fait attention avant.

Depuis ce jour, ils s'étaient retrouvés sur le parvis tous les soirs au crépuscule, s'asseyaient sur la dernière marche de l'escalier et contemplaient le village enrobé d'une brume dorée semblant monter des murs pour accueillir les derniers rayons d'un soleil rouge sang. Gustavo ne pouvait jamais rester longtemps ; son père le réclamait d'une voix impatiente. Mais ils avaient chaque fois pu voler des petits moments pour se parler, entre deux tours de manège. Il lui parlait de la vie qu'ils menaient, son père et lui, des villages et des villes qu'ils traversaient, des milliers de kilomètres qu'ils parcouraient chaque année, de la manière particulière dont les femmes s'habillaient dans l'Oaxaca, de la mer et des plages pour touristes. À ces récits, une immense envie de partir avec lui, de découvrir le monde au-delà du village lui était venue. Elle lui demanda même un soir si la vie dans une grande ville était comme à la télévision et Gustavo répondit que peut-être oui, mais pour les riches alors.

Et puis, ce matin, c'était le dernier jour ; le père et le fils démonteraient le manège puis repartiraient pour Merida où une fête devait avoir lieu. Elle avait toujours eu envie de voir Merida, se dit subitement Maria Isabella en sortant de ses pensées pour fixer de nouveau le comptoir devant elle. Gustavo, resté immobile dans l'embrasure de la porte, lui demanda, en la voyant enfin sortir de ses pensées, si elle avait le temps d'aller faire une dernière promenade. En silence, ils se dirigèrent vers la plaza et s'installèrent sur la plus haute marche de l'escalier, du côté droit. Les forains démontaient déjà les attractions. Don Enrique et l'aîné des frères Obregon dépendaient les guirlandes électriques. Dans deux heures, il n'y aurait plus trace de la fête que dans ses souvenirs, se dit Maria Isabella.

— C'est moins joli que le soir, lança Gustavo.

— Oui, en effet. Et ce soir, je serai seule pour voir le soleil se coucher, répondit Maria Isabella.

Il la regarda avec hésitation :

— Pourquoi ne viendrais-tu pas avec nous ? On pourrait regarder le soleil se coucher ensemble, ailleurs.

À ces mots, elle se sentit submergée par une vague d'angoisse. Pourquoi donc ? se demanda-t-elle avec surprise. Elle qui avait tant envie de quitter Santa Elena, le magasin et la surveillance sourcilleuse de sa mère ! C'était complètement fou ! Elle ne comprenait pas. Et pourtant, oui, c'était cela : une folle panique qui montait à chaque seconde à l'idée de quitter ce monde qu'elle connaissait si bien. Elle se sentit incapable de parler, de bouger.

Le père de Gustavo vint se placer en bas de l'escalier, son visage levé vers eux semblant poser une autre question que celle qu'il leur lança d'un air bourru :

— Allons, Gustavo, tu viens maintenant, oui ou non ?

Gustavo serra doucement la main de Maria Isabella et lui dit en lui jetant un regard suppliant :

— Viens avec nous. Mon père est d'accord. Je lui en ai parlé ce matin.

Maria-Isabella se recroquevilla de terreur et replia ses genoux anguleux sous son menton, les enserrant de ses bras maigres.

— Non, réussit-elle à prononcer.

En bas, le père de Gustavo commençait à s'énerver.

— Je ne peux pas, murmura-t-elle piteusement.

Gustavo se leva d'un bond et dévala les escaliers sans se retourner.

Maria Isabella le vit courir, monter dans la camionnette rouillée qui s'ébranla péniblement, tirant une remorque vétuste. Ils disparurent à l'angle de la rue de la boulangerie. Lorsque les battements de son cœur furent enfin calmés, Maria Isabella se leva péniblement et retourna à la tienda del Buen Pastor. Sa mère lui demanda d'une voix aigre pourquoi elle avait abandonné le magasin sans surveillance. Maria Isabella ne lui prêta aucune attention, immédiatement happée par la télévision qui était restée allumée.

La belle Sophia pleurait à chaudes larmes, allongée sur un couvre-lit à volants roses. Son père au visage sévère se tenait devant la fenêtre surplombant la piscine. Il venait de lui annoncer qu'il n'était pas question qu'elle épouse Miguel.

La pauvre semblait désespérée, se dit Maria Isabella : est-ce qu'ils s'enfuiraient à Las Vegas ?

TONINA

Ricardo referma la porte de la chambre où Pépé dormait encore et se dirigea vers le fourneau pour prendre quelques tortillas froides de la veille. La cuisine à ciel ouvert, car on ne pouvait vraiment pas compter comme toit la légère couverture de paille qui l'abritait du soleil en journée, était comme toujours parfaitement en ordre. Tante Maria lui avait laissé son petit paquet habituel sous une assiette. La lune déjà couchée n'illuminait plus les ruines. Celles-ci se fondaient dans la pénombre avec la colline à laquelle elles s'adossaient et l'ensemble formait une masse sombre et familière dominant la ferme.

Ricardo se déplaça autour des quelques chaises et de la table sans se cogner. Il se dirigea vers les cendres du feu qu'il avait allumé la veille ; le chien pelé et le petit chat y dormaient pelotonnés l'un contre l'autre. Le jeune garçon s'arrêta au passage, s'accroupit et caressa doucement la tête du vieux chien qui gémit, cligna des yeux et lui lécha la main. Ricardo se releva, ouvrit la barrière et s'en alla par le sentier à travers les prés.

Il lui faudrait marcher une bonne heure pour atteindre la route de terre puis le village.

Il entendait les grandes vaches à cornes se mouvoir de chaque côté du sentier et, lorsque l'une d'entre elles passait la crête de la colline, il apercevait sa forme puissante se découper sur le ciel d'avant l'aube. L'enfant marchait d'un bon pas, essayant de ne pas se laisser submerger par l'excitation et la nervosité.

Après une demi-heure, il parvint à la petite route de terre et s'arrêta près de la cabane marquant le carrefour. Il s'appuya contre le mur orienté à l'est, se laissa glisser et s'assit dans l'herbe, les jambes pliées, les talons touchant presque les fesses. Il extirpa les tortillas de sa poche et commença à les manger en les déchiquetant en petits morceaux. Le but était de former une carte de l'Amérique du Nord. Est-ce que le golfe du Mexique était bien aussi profond ?

Il releva les yeux après la deuxième tentative et contempla le paysage devant lui. Le ciel rosissant prenait une teinte de plus en plus soutenue annonçant l'apparition du soleil. Deux hommes à cheval se dirigeaient vers lui. La chemise de celui de droite tourna au rouge vif lorsque le soleil jeta ses premiers rayons. Les selles, les éperons, les mords des harnais brillaient, le poil des chevaux luisait ; on pouvait faire confiance aux hommes de Don Geronimo pour entretenir le matériel et soigner les bêtes. Ricardo les salua lorsqu'ils passèrent près de lui. Sans s'arrêter, ils lui répondirent joyeusement et le traitèrent de paresseux qui aurait dû être déjà à l'école un jour pareil puis le dépassèrent et disparurent de l'autre côté de la cabane.

Ricardo se releva d'un bond et se demanda si l'instituteur de la ville était déjà arrivé. Il sentit monter en lui l'impatience, l'appréhension aussi. Est-ce qu'il réussirait l'examen ? S'était-il suffisamment préparé ? Il voulait faire honneur à l'école et à Monsieur Lopez. Il repassa en vitesse dans sa tête les pays d'Afrique et leurs capitales. Kenya : Nairobi. Tchad : N'Djamena, Liberia : Monrovia. Ouganda... Kampala ou Kinshasa, l'Ouganda ? Zut, il ne savait jamais.

Il se remit en marche. Il arriva aux premières maisons du village, dépassa une vieille femme qui libérait une troupe de poules de leur enclos, deux petites filles se tenant la main, les cheveux biens lissés, l'uniforme impeccable, se dirigeant comme lui vers l'école, et puis l'atelier du menuisier où celui-ci commençait à préparer un lot de planches pour construire la nouvelle maison des Gomez. Ricardo accéléra encore le pas dans la dernière montée et le drapeau flottant doucement au mât de l'entrée de la caserne apparut peu à peu. L'école se situait en effet au croisement du chemin de terre qui constituait la rue principale du village et de la route asphaltée, juste en face du portail principal de la zone militaire. Il plongea dans la cour de récréation sans même jeter un regard à la caserne qui s'éveillait dans le petit matin.

La cour était encore presque vide. Quelques grands se tenaient sous le préau peint dans des tons de mauve et de rose passés et discutaient avec animation. Ricardo se glissa dans le groupe et essaya de ne pas trop se faire remarquer. Ils parlaient de l'instituteur de la ville que l'on apercevait par la fenêtre en compagnie de leurs trois professeurs, préparant les différents paquets de questions pour chaque classe. Alonso le petit (celui qui avait arrêté de grandir trop tôt), toujours le plus volubile, n'en finissait pas de répéter ce que sa mère lui avait raconté. Il était arrivé la veille par le bus. Il n'avait pas l'air commode. Il prenait tout le monde de haut. Il ne devait pas être marié, ou mal alors. En tout cas, c'était l'avis de la mère d'Alonso le petit chez qui il avait logé la nuit précédente. Les autres hochèrent la tête gravement. Oui, lorsque la mère d'Alonso le petit disait quelque chose...

De plus en plus d'élèves arrivaient et s'agglutinaient au cercle qui enflait, devenait grappe bruyante. Ricardo, rejeté à la périphérie, découragé, alla s'asseoir contre le mur à l'écart du groupe qui bruissait maintenant des rumeurs les plus folles sur la nature des questions qui seraient posées. De toute manière, il ne pouvait plus rien faire d'autre qu'attendre.

Ricardo retourna en pensée à la ferme, se demanda si le vieux chien bougerait beaucoup aujourd'hui ou si son arthrite le ferait trop souffrir pour jouer avec lui à son retour. Il essaya d'imaginer tante Maria en train de nettoyer les deux chambres et la cuisine à ciel ouvert, nourrir les poules puis s'arrêter, comme à son habitude, pour regarder un bref moment les ruines.

Tante Maria lui avait souvent raconté l'arrivée des étrangers quand elle était elle-même une enfant. Les étrangers avaient commencé par arpenter les prés et les champs en faisant de drôles de dessins des monticules, des collines et des pyramides déjà connues. L'un d'eux, le plus gentil, lui avait parlé de la possibilité d'un grand royaume du temps passé. Ses parents étaient contents de cette bonne affaire : ils payaient bien pour les repas qu'on leur préparait et pour le bout de terrain où ils plantaient leurs tentes... Et puis l'année d'après, ils étaient revenus, plus nombreux. Ils avaient passé tout l'été à creuser à trois endroits différents. Et l'année d'après, encore. Les travaux avançaient lentement. Certaines années, rien ne se passait. D'autres fois, ils mettaient à jour une stèle ou des murs complets. La cité prenait forme sous ses yeux. Elle commençait à y croire. Le pré devenait plus petit, racheté en partie par le gouvernement. Des policiers étaient venus pour protéger le site. Les autorités avaient même décidé de construire un musée à côté, pour garder sur place les découvertes faites lors des fouilles.

Lui, Ricardo, l'avait toujours connue, cette cité maya. Chaque année, Monsieur Lopez faisait une leçon à son sujet. Des touristes venaient la visiter, pas en très grand nombre d'ailleurs. Certains demandaient pour dormir à la ferme. Tante Maria, qui avait repris l'exploitation à la mort de ses parents, avait fait construire une petite cabane à cinquante mètres de la maison, l'avait meublée avec un lit, une table et une chaise pour leur permettre de passer la nuit sans plus devoir monter de tente dans le jardin.

L'apparition de Monsieur Lopez dans l'encadrement de la porte jeta un silence immédiat qui fit sortir Ricardo de sa rêverie. Il se releva en poussant un soupir de découragement. À quoi bon ? De toute manière, il allait le rater, ce concours.

Il se dirigea en traînant les pieds vers la file formée par sa classe et se mit au dernier rang. Quelques coups de pieds, de coudes et tout rentra dans l'ordre exigé par le regard sévère de Monsieur Lopez. La file s'ébranla et rentra dans la classe. Ricardo alla rejoindre sa place et prit son crayon, le tailla soigneusement puis attendit pendant que le maître donnait les consignes : ne rien avoir d'autre sur sa table, ne pas bouger, ne pas tricher, sortir en silence lorsqu'on avait fini et ne pas faire de bruit dans la cour.

Ricardo sentit un grand froid le glacer et une peur panique monter. Si seulement il pouvait être deux heures plus vieux ! Monsieur Lopez passait maintenant entre les bancs et déposait un exemplaire des questions devant chaque élève d'un geste mécanique. Lorsqu'il arriva devant Ricardo, celui-ci le regarda et découvrit avec surprise un sourire léger sur la figure du maître. Étonné, le jeune garçon fixa Monsieur Lopez d'un air interrogateur. Celui-ci hocha légèrement la tête dans sa direction avant de passer au banc suivant.

Lorsque le signal leur fut donné, Ricardo retourna sa feuille et commença à lire les questions avec avidité. Son exultation grandit en les parcourant : il connaissait les réponses ! Maintenant, il s'agissait de s'exprimer avec soin pour le prouver, qu'il savait ! Un grand sentiment de calme l'envahit, il oublia tout ce qui l'entourait, se pencha sur sa feuille et se concentra sur la rédaction de ses réponses. Mots après mots, lignes après lignes, les questions défilèrent, l'examen se dégonfla et Ricardo se retrouva, sans savoir après combien de temps, complètement vidé devant une feuille, elle, complètement remplie. Il ne relut même pas les pages couvertes de son écriture régulière et sans rature, se leva doucement et alla remettre sa copie sur le bureau du maître. Monsieur Lopez l'accueillit du même hochement de tête énigmatique et prit la copie sans dire un mot. Ricardo sortit, traversa la cour et se dirigea vers le village. Il ne voulait pas entendre les autres dire ce qu'il aurait fallu mettre ici, ce qui était la réponse exacte à cette question piège là et pourquoi c'était une question piège.

Ricardo retourna vers la nationale. Il s'assit au sommet d'un fossé, dans l'ombre d'un jeune hêtre et contempla le trafic. D'abord, il y avait les patrouilles de militaires entrant et sortant de la caserne. Comme tous les jours, l'armée voulait montrer qu'elle était bien présente au Chiapas. Mais tout le monde savait bien que cela se limitait à rester sur la route asphaltée. Et puis, il y avait les minibus circulant entre les villages, chargés de volailles dans des paniers, ou hors des paniers, de sacs de légumes, de farine, d'enfants s'agrippant à leurs mères, d'assistants du chauffeur s'agrippant à la portière ouverte, de petits vieux rentrant du marché. Enfin, vint le bus, celui qui permettait d'aller à Ocosingo. Ocosingo ! Ocosingo, c'était la première étape avant San Cristobal. À San Cristobal, les cars vous emmenaient partout dans le Mexique, à Mexico City même... si vous aviez assez d'argent pour payer un billet, ou une bourse pour vous payer le voyage et le séjour dans un internat.

Il en rêva un moment de cet internat de Mexico City. Monsieur Lopez avait bien essayé de lui expliquer comment la chose fonctionnait mais, franchement, il n'avait pas tout compris ; cela semblait si absurde ! Il n'aiderait plus tante Maria à préparer le repas mais des dames viendraient le servir à table ; plus question de manger en marchant ou en choisissant le meilleur endroit du jardin. Il faudrait aussi obéir aux surveillants. D'un autre côté, il aurait cours dans une belle classe, la possibilité de lire autant de livres qu'en comprendrait la bibliothèque du collège. Il aurait même accès à un ordinateur ! Il y aurait aussi, luxe suprême, une salle qui ne servirait qu'à faire ses devoirs, toujours bien éclairée et où on ne pourrait pas venir vous déranger pour vous envoyer rentrer les poules ou traire la vache. Il se demanda comment il dormirait dans une chambre pour lui seul. Peut-être y aurait-il tout de même un balcon pour regarder le ciel inconnu ? Et puis un jour, s'il travaillait vraiment très bien, il pourrait aller à l'université.

Ricardo se releva d'un bond et se dirigea vers la tienda de Madame Gomez. Celle-ci lui sourit et lui demanda :

— Alors, déjà fini l'examen ?

Madame Gomez l'impressionnait toujours. D'ailleurs, elle n'impressionnait pas que lui. Son fils et son mari aussi étaient impressionnés et subissaient bon gré mal gré son influence redoutée. Pourtant, c'était grâce à elle et à son sens des affaires, réellement impressionnant lui, que la nouvelle maison serait construite, réfléchit Ricardo. Il demanda un sachet de chips et paya en sortant une à une quelques pièces de sa poche. Il resta immobile un moment à contempler la télévision qui diffusait un reportage sur une famille de clandestins qui se faisaient expulser du Texas après plus de vingt ans de séjour illégal et trois enfants nés là-bas. Madame Gomez regarda le reportage, elle aussi, puis se tourna vers Ricardo.

— Ricardo, promets-moi que tu ne feras jamais comme eux.

— Pourquoi ? lui demanda-t-il surpris.

Elle lui répondit en le regardant d'un air encore plus décidé que d'ordinaire :

— Parce que ce serait une trahison. Même si tu envoies un peu d'argent, ou même beaucoup, à ta tante, ce ne sera pas la même chose que d'utiliser tout ton courage et toute ton intelligence à changer les choses ici.

— Et si on m'offrait la possibilité d'étudier à l'étranger, un jour ?

— Eh bien, dit-elle de manière hésitante, tu devrais en profiter, évidemment... Mais tu reviendras ici après.

Ricardo lui souhaita la bonne journée et s'en alla, interloqué. C'était la première fois qu'il constatait chez Madame Gomez un souci autre que celui d'un gain immédiat pour elle et sa famille. Quel sens donner à sa remarque ? Que pouvait-il faire de spécial ? Et pourquoi lui d'abord ? C'était facile, finalement, pour Madame Gomez de lui dire ça : son fils avait un magasin qui l'attendait. Mais lui, Ricardo ? Il n'avait rien à espérer. Tante Maria avait déjà assez de mal comme ça. Puis Pépé grandirait lui aussi. Pépé devrait, lui aussi, aller à l'école.

Ricardo s'arrêta de nouveau devant la caserne et s'assit dans l'herbe au bord de la route. Des conscrits fumaient devant l'entrée, appuyés au mur et s'ennuyant à mourir ; les jeunes militaires n'avaient que quelques années de plus que lui. Tant de choses les séparaient pourtant. Eux, ils repartiraient du Chiapas leur temps fini, lui y resterait. Un bruit de pas précipités vint interrompre ce flot de pensées dérangeantes. Enrique s'assit lourdement à côté de lui.

— Ricardo, pourquoi as-tu quitté l'école si vite ? demanda-t-il essoufflé. Je t'ai cherché partout.

— Oh, tu sais, répondit Ricardo d'un geste vague de la main.

— Mais si tu étais resté, tu aurais entendu Monsieur Lopez annoncer la suspension des cours pour la fin de la journée, continua Enrique triomphant.

— Je m'en doutais, répondit Ricardo, il faut bien qu'ils corrigent.

— Tu sais, continua Enrique de manière hésitante, je ne crois pas avoir très bien réussi.

— Ce ne serait pas si dramatique pour toi, répondit Ricardo d'un air absent. Tu as déjà le magasin.

— Oui, mais il y a maman, rétorqua Enrique d'un air piteux. Est-ce ma faute si l'école m'ennuie ? Il vaudrait nettement mieux que ce soit toi qui l'aies cette bourse, Ricardo. Mais tu es sorti si vite ! Est-ce que c'est parce qu'il y avait des questions auxquelles tu ne savais pas répondre ?

— Non pas vraiment, répondit Ricardo en regardant de côté son ami.

Il se fit la réflexion que, malgré tout, la vie n'était pas toujours rose pour ce dernier. Moqué à l'école pour son incapacité à jouer au foot très longtemps, ou tout simplement parce qu'il était gros, harcelé à la maison par sa mère qui rêvait pour lui d'un diplôme. Alors que tout ce qu'il voulait finalement, Enrique, c'était rester au village et reprendre un jour le magasin de ses parents. Et lui Ricardo, est-ce cela qu'il voulait ? Rester à la ferme ? De toute façon, elle était trop petite. Se faire embaucher par un grand propriétaire comme Don Geronimo (qui n'était pas le pire) ? Il sentait au fond de lui quelque chose qui se révoltait à cette idée. D'un autre côté, quitter le village ; est-ce qu'il voulait vraiment ça ? À qui pouvait-il en parler ? Qui prendrait la peine de l'écouter ? Les deux amis restèrent silencieux pendant un bon moment. Ricardo émergea de ses pensées en sentant Enrique se tortiller à son côté. Celui-ci lui coula un regard en biais et lui demanda, l'air hésitant :

— On va rester tout l'après-midi ici ?

— Non, répondit avec un sourire Ricardo. Il fait trop chaud. Allons nous baigner, tu veux ?

Le visage d'Enrique s'illumina.

— D'accord, allons au trou d'eau à la limite des terres de Don Geronimo. Là, il doit y avoir encore deux ou trois mètres de profondeur. Et puis, c'est à l'ombre.

Ils se relevèrent en riant et se mirent à courir en se bousculant.

Le soleil commençait à descendre sur l'horizon lorsqu'ils revinrent au village. Ils marchaient lentement dans la poussière dorée de fin de journée. Enrique demanda à Ricardo de l'accompagner jusque chez lui. Peut-être sa présence arrêterait-elle un moment les reproches de sa mère ? Ricardo accepta. Ils entrèrent tous les deux dans le magasin. Madame Gomez se trouvait comme toujours au comptoir, en pleine conversation avec deux hommes leur tournant le dos. En entendant le bruit de leurs pas, ceux-ci se retournèrent et le regardèrent attentivement. Il s'agissait de Monsieur Lopez et de l'instituteur de la ville. Monsieur Lopez dévisagea un moment Ricardo puis lui lança une question brusque :

— Dis-moi, mon garçon, si par hasard tu avais la chance d'aller au collège puis à l'université, qu'est-ce que tu souhaiterais faire ?

Ricardo sentit l'évidence lumineuse de la réponse l'envahir lorsque celle-ci fusa :

— Archéologue, Monsieur Lopez, archéologue.

LA DEMOCRACIA

C'EST UN SOIR, au repas, que tout commença. Nous étions onze autour de la table ; l'oncle José, le père, mes deux tantes et maman qui s'affairaient autour des casseroles et puis nous, les enfants. Moi j'avais la plus petite, Maria, dans les bras et j'essayais de la faire rire ou plutôt de l'empêcher de pleurer. Jorge, lui, s'amusait à taquiner le raton laveur apprivoisé. Les garçons ont de la veine ! Jamais obligés de faire la cuisine ou de s'occuper des bébés, alors que moi... Puis il y avait les jumeaux qui, comme d'habitude, se chamaillaient dans la poussière devant la porte et, enfin, ma grande sœur qui venait juste de rentrer de son travail. Elle vient à peine de commencer, Margarita et elle est folle de joie d'avoir enfin sa classe à elle. C'est une chance pour elle, oui. Mais entre les cinq kilomètres de mauvais chemin que l'on doit faire du village pour arriver à la grand-route et l'heure de bus jusque Comitan, ça lui fait bien deux heures de trajet dans chaque sens.

Le paysage sonore était ce soir-là chargé. En arrière-plan, on entendait le grondement sourd et monotone de la chute d'eau sur le Rio Passion puis la radio des voisins vociférant ses publicités et se mêlant à la nôtre branchée sur une émission spéciale Vicente Fernández. S'y ajoutaient les cris aigus du raton laveur furieux, le rire de Jorge ravi et, tout près de moi, les voix du père et de l'oncle José, de plus en plus tendues. Je fermais les yeux, mal à l'aise. J'essayais d'échapper à cette inquiétude qui montait en moi quand Maria en rajouta une couche en se mettant à hurler. À onze ans, on n'est pas censée écouter les grands mais plutôt s'occuper des petits. Maman me le rappela d'un regard chargé de reproches, avant de se retourner pour terminer de cuire les tortillas. Je me concentrais sur Maria et son petit visage furieux et ne pouvais capter que des bribes de conversation. Dans mon coin habituel, au bout du banc, je prenais des morceaux de nourriture de mon assiette avec un morceau de tortilla en guise de cuillère, les passais devant son nez pour attirer son attention puis tentais de la faire avaler. Une fois sur deux, elle refusait et se mettait à crier. Au milieu de la table, la conversation continuait, tendue, à demi-mot, entre le père et l'oncle José. Mais pourquoi est-ce qu'il y avait de la peur dans la voix de papa ? Je n'y comprenais rien.

L'oncle José ! L'oncle José a débarqué du car sans prévenir il y a deux semaines. Moi, je n'avais gardé aucun souvenir de lui. Il était parti pour Mexico City quand j'avais deux ans et lui treize. Il voulait travailler, gagner de l'argent, ne pas se contenter de cultiver la milpa[4] comme les autres. C'était le plus jeune frère de papa, José, le petit dernier. Lorsqu'on en recevait des nouvelles, ce qui était rare, papa en parlait toujours avec un petit sourire d'excuse, manière de dire : il ne faut pas lui en vouloir de ne pas revenir, il est encore trop jeune pour penser aux choses sérieuses. L'oncle José est pourtant revenu. Mercredi dernier, au retour de l'école, je l'ai découvert solidement installé dans le hamac. Je suis curieuse, j'avoue. Je l'ai bien observé pendant qu'il buvait sa bière. Et bien, l'oncle José, je ne l'ai pas trouvé jeune du tout, moi, malgré ses

---

4 Milpa : champs de maïs.

vingt-deux ans. Il est vieux, oui, plus vieux que tout le monde au village, plus vieux que papa, plus vieux que grand-mère Nita même qui va bientôt mourir tellement elle est vieille. Il est vieux de toute une série de choses qui se trouvent derrière ses yeux, l'oncle José. Il les cache derrière ses lunettes de soleil de beau gosse frimeur. Il n'en parle pas, mais je les sens.

Ça fait quinze jours qu'il est là, l'oncle. Quinze jours qu'il traîne à droite et à gauche, qu'il va voir les cousins et les arrière-cousins, les amis, les amis des amis, qu'il paie des Victoria[5] à tout le monde... Il a un but et papa ne s'en rend pas compte, tout content qu'il est de se dire que « le petit » est enfin revenu. Eh bien, ce n'est peut-être pas pour un mieux qu'il est revenu, l'oncle José.

Mais bon, là, tout ce que je peux faire, c'est m'occuper du petit tas de chair que constitue Maria, la nourrir, la tenir propre, raisonnablement propre en tout cas... Et puis aller à l'école. Chaque matin, c'est la même course pour me laver en vitesse à la mare, m'habiller, tirer à fond sur les bas encore un peu mouillés parce que je les ai lavés la veille au soir dans la cuve pour qu'ils aient l'air blancs, mettre ma jupe plissée à carreaux écossais bleus (l'instituteur nous a montré un jour où était l'Écosse sur une carte) et enfiler ma blouse d'uniforme. Ensuite, je fais manger Maria en essayant de ne pas en prendre sur moi, j'aide maman à préparer les tortillas du matin, puis je pars avec les jumeaux et Jorge à l'école.

Et là, évidemment, comme on sort de la saison des pluies, c'est la catastrophe : trente centimètres de boue dans les ornières du chemin et seulement quelques blocs posés aléatoirement pour essayer de justifier la mention « empierré ». Les garçons galopent dans la montée, tandis que je reste seule à sautiller en zigzag d'un caillou à l'autre pour éviter de m'en mettre jusqu'aux chevilles dans le parcours. Cent mètres avant l'école, je rencontre Teresa et Anita qui font pareil. On passe devant la tienda[6], on tourne à gauche, puis on entre enfin dans l'enclos grillagé où les garçons jouent déjà au basket et nous,

5 Victoria : marque de bière populaire au Mexique.
6 Tienda : petite échoppe.

on file vers le refuge de la dalle de ciment sur laquelle s'érige l'école. De là, au sec, on regarde les garçons jouer sur l'herbe. Si on lève les yeux, il y a le grillage qui coupe la vue et puis, en contrebas, le chemin, la forêt qui dévale tout autour du village qui s'accroche sur un flanc de colline, les champs de café, de maïs et les plantations de bananiers. C'est la fin de la saison des pluies et le paysage est vert et rouge pour le moment : vert de l'herbe, vert des différentes nuances propres à chaque espèce d'arbre et rouge ocre de la boue du chemin, rouge sang d'une fleur parasite sur un arbre... Et dans cette mer de verts et de rouges, de temps en temps, il y a un enclos qui forme une tache brune, une maison en blocs de béton ou en planches grises ; c'est La Democracia, notre village.

Moi, je l'aime bien, La Democracia. Même si les instits s'ennuient à mourir et ne songent qu'à redescendre dans la vallée à chaque congé pour rentrer chez eux (j'imagine que « chez eux », c'est un autre village perdu au milieu de nulle part, mais un nulle part qu'ils connaissent). Ils disent, les instits, qu'il ne se passe jamais rien ici. Pourtant, il s'en passe des choses, comme les ouvriers agricoles guatémaltèques qui arrivent toujours plus nombreux pour chercher du travail dans les fincas[7] et qui nous rendent la vie difficile. La Democracia est si proche de la frontière... D'ailleurs, nos champs à nous, certains en sont si proches de la frontière qu'on se demande bien parfois s'ils ne sont pas de l'autre côté, au Guatemala. Ce qui serait gênant.

La preuve qu'on n'y est pas si mal à La Democracia, c'est Don Tonio. Après avoir ramassé suffisamment d'argent au Texas, il n'a rien eu de plus pressé, Don Tonio, que de revenir au village et d'y construire la plus belle maison, celle avec l'antenne télé et le grillage aux fenêtres. Donc, c'est qu'on y est bien, non ?

Mais l'oncle José, pour revenir à lui, je n'ai pas l'impression qu'il en ait gagné tant que ça, d'argent, à Mexico City. J'ai même plutôt l'impression du contraire, moi, malgré les

---

7 Finca : exploitation agricole.

tournées offertes, malgré les longues journées qu'il passe dans le hamac. Il y a quelque chose de furtif dans son regard, quelque chose de la bête traquée dans son apparence, quelque chose de dur et de froid, aussi. Et moi, si on me demandait mon avis, je dirais que je n'ai franchement pas l'impression que ce soit l'amour familial qui l'étouffe l'oncle José : l'affection fraternelle, mon œil ! Mais il fait de l'effet dans le village avec son tee-shirt orange, ses cheveux coupés court et les fameuses lunettes de soleil. Il fait chavirer pas mal de cœurs à l'école, l'oncle José. C'est fou comme j'ai du succès, moi, pour le moment ! « Dis, ma petite Nina » par ci, « Dis, ma petite Nina » par là ; jamais eu autant d'attention de la part des grandes qui ont plutôt, du haut de leurs quinze ans, tendance à me regarder avec un certain mépris. Donc, grâce à l'oncle José, ma cote de popularité remonte en flèche - temporairement. Car j'imagine bien que dès qu'il se sera tiré... Parce que l'idée qui circule dans le village (et surtout dans la tête des filles) qu'il est revenu ici pour s'établir et se caser (c'est surtout ça qui les intéresse, elles), bon, là, moi, je n'y crois pas vraiment. Parce que l'oncle José, si c'était le cas, il aurait déjà sélectionné un terrain encore libre et serait en train de faire la tournée des anciens pour être sûr qu'au prochain conseil, on lui accorde le droit de s'y installer.

Non, ce n'est pas trop son truc à l'oncle José, de se mettre à défricher, construire une cabane, planter... Quant à se caser, les filles, là, elles devraient plutôt faire attention à pas à se retrouver dans les ennuis trop vite. Juste un conseil que j'aurais envie de leur donner. Mais, mes conseils, on n'en veut pas. C'est clair. Donc je les garde pour moi, mes conseils. Et mon angoisse aussi. Parce que, elle, je la sens monter. Et ça, c'est pénible. Pénible comme quand j'ai senti l'angoisse monter avant l'histoire du chemin. Pénible comme quand j'ai senti l'angoisse monter avant que le mari de Margarita ne la laisse tomber. Pénible comme... comme à chaque fois, finalement qu'il y a des ennuis. Et ça, c'est pénible, vraiment, de se sentir un super bon détecteur à ennuis et de ne pouvoir rien faire pour les empêcher d'arriver.

Aller à l'école, m'occuper des bébés successifs, que ce soient les jumeaux ou la petite dernière, Maria, voilà tout ce que je peux faire moi, tout ce qu'on me donne le droit de faire... et rester silencieuse aussi, dans mon coin, perdue dans mes pensées pour essayer d'éviter de capter. Alors, je me demande : est-ce que je voudrais devenir institutrice moi aussi, comme Margarita ? Ce serait possible pour autant qu'il n'y ait pas encore de petite sœur ou de petit frère en chemin. Parce que là, raté, je devrais alors rester à la maison pour m'en occuper. Pfff, on ne pourrait pas faire quelque chose pour que ça n'arrive pas ? Franchement, les bébés, moi j'en ai déjà assez. Bon, maman, elle a quel âge, là ? Il serait peut-être temps qu'elle arrête, non ? À propos, est-ce que ça s'arrête un jour ? En voyant la voisine, on ne dirait pas... Elle en est à son combien celle-là ? Sept, huit ? Ah, non, neuf en comptant celui qui est mort avant d'être baptisé. En fin de compte, on est une petite famille, nous : trois filles, trois garçons, ce n'est pas grand-chose.

Encore un jour d'école fini, le temps de récupérer au passage les jumeaux et me voilà de retour à la maison pendant que Jorge, lui, évidemment, peut aller se balader avec les autres garçons... Que j'aimerais que papa me propose à nouveau de venir aux champs avec lui ; demain, on n'a pas école mais maman va vouloir que je reste à la maison. Il a l'air soucieux ce soir, papa. Il vient s'asseoir près de moi, tranquillement comme tout ce qu'il fait, pour réparer le harnais de la mule. Il me regarde de temps en temps à la dérobée. Papa, c'est le seul finalement qui sait que j'écoute tout ce qui se passe. Il me demande après de longues minutes de silence si ça me plairait de descendre en ville avec lui demain pour prendre livraison de matériaux de construction pour Don Tonio qui veut terminer sa salle de bain (c'est le seul du village, avec les instits, à en avoir une, une salle de bain).

Nous deux, seuls, sans les jumeaux ni Jorge, me promet papa à voix basse. Je n'ose pas y croire. Je lui demande si maman est d'accord. Il me répond que oui, que, pour une fois, j'ai bien droit à un jour de vacances et que maman va en profiter pour aller voir sa sœur qui vient d'accoucher. Elle prendra Maria avec elle. Les garçons se débrouilleront bien tout seuls, il leur fait confiance pour trouver de quoi s'occuper ! Il a un sourire heureux, papa, quand il dit ça. Et moi, je me sens bien. Je me sens tellement bien que la soirée passe à toute vitesse, que je n'écoute même pas l'oncle José, que j'aide maman sans me soucier de Jorge qui ne fait rien, comme d'habitude, que je m'occupe de Maria sans me sentir obligée de le faire pour une fois.

Il est quatre heures du matin, papa vient me secouer doucement, me dit tout bas de me lever sans faire de bruit. On sort de la maison et on va à l'écurie. Il fait encore froid et la lune éclaire l'enclos. Elle est pleine et je vois mon ombre se projeter devant moi. Je frissonne dans ma petite robe. Je regarde papa qui charge la mule des quelques sacs de haricots et de tomates qu'il veut vendre au marché. Et on s'en va. Je prends la bride en main et je commence à tirer la mule pour la faire avancer mais elle ne veut pas. Alors, papa fait siffler son bâton au niveau de son arrière-train. Au bruit de celui-ci, la mule se met en marche pour éviter de recevoir vraiment un coup. Et nous nous dirigeons en file sur le chemin qui traverse le village puis qui descend vers la vallée. Le village est désert, tout le monde dort encore. Marcher me réchauffe. On n'entend que le pas rythmé de la mule et le chant de l'un ou l'autre coq réveillé par notre passage. Ni papa ni moi ne parlons et pourtant je ne me suis pas sentie si près de lui depuis longtemps.

Une heure de route déjà et on arrive enfin à l'embranchement où le chemin rejoint la route asphaltée ; la vallée s'élargit devant nous. Le ciel prend une teinte grise. Il fait plus froid. L'aube arrive. La mule me fait suer, à devoir la tirer continuellement pour lui faire conserver un pas régulier. Heureusement, papa est là et la rappelle à l'ordre de temps en temps. La route s'étend devant nous. Maintenant, on croise plus de monde. Finalement, le ciel pâlit, rosit et c'est le lever du soleil lorsque nous arrivons à San Isidro.

Papa s'arrange pour s'installer dans la rue principale et nous déballons les légumes. Puis il me laisse en charge de ceux-ci et va faire son tour. Planquée derrière mon étal, je regarde les gens qui passent dans les allées étroites du marché. J'aimerais tant pouvoir m'échapper quelques minutes vers la partie du marché consacrée aux vêtements. Le temps passe lentement. Papa revient enfin avec une drôle d'expression sur son visage. On dirait qu'il est coupable de quelque chose, mais de quoi ? Il me propose des tamales[8] qu'il vient d'acheter. De la vapeur s'échappe encore de l'enveloppe de feuilles de maïs. Je mange par petites bouchées en savourant la sauce qui change de celle de maman, plus sucrée et en même temps plus épicée.

La journée passe lentement. Je vends les légumes au fur et à mesure. Papa s'en va et revient plusieurs fois. Je n'ose plus lui poser de questions. Même pas de savoir quand nous quitterons le marché. Parce que là, il se fait de plus en plus tard. Je croyais qu'on repartirait en début d'après-midi pour rentrer à la maison avant la tombée de la nuit. Mais non, papa continue ses va-et-vient. Moi, après la première excitation de l'arrivée au marché, je commence sérieusement à m'ennuyer. Papa le voit à ma tête lors d'un de ses retours. Il me demande si je ne voudrais pas moi aussi aller faire un tour. Il promet de s'occuper de l'étal pendant une demi-heure.

Je me lève d'un bond et souris en remerciement. Que ça fait du bien de marcher ! C'est déjà la fin d'après-midi. Je sors du quartier des fruits et légumes, traverse sans m'arrêter la viande et les poissons séchés et file vers les allées du marché couvert où se trouvent les vêtements, les chaussures et les ceintures en cuir. Il y a tant de choses que j'aimerais ! Ramener une poupée en papier mâché pour Maria ? Non, elle est encore trop bébé. Un ballon pour les jumeaux ? Ce serait bien mais, de toute manière, je n'ai pas d'argent et je n'oserais jamais en demander à papa pour ça. Alors, je regarde défiler les échoppes, lentement. Je repasse deux fois devant celle qui me plaît le plus : celle avec une jolie blouse rose clair avec plein

---

8 Tamal : pâté de farine de maïs fourré de viande ou de légumes cuit à la vapeur dans une enveloppe de feuilles de maïs.

de dentelle dessus. Je crois que c'est pour les touristes, parce que je n'ai jamais vu aucune femme dans la sierra avec ce modèle-là.

Au bout du compte, je reviens vers notre emplacement. J'aperçois père de loin. Il est assis, la tête entre les mains, sans prêter attention à ce qui l'entoure. Qu'est-ce qu'il a ? Je ne sais pas mais ça me bouleverse comme quelque chose qui ne devrait pas être, comme si j'avais découvert un secret qui ne m'est pas destiné. Mon père à moi, ce n'est pas normal de le voir aussi faible, non ? Je m'approche. Je lui touche légèrement l'épaule pour le faire sortir de sa rêverie. Il sursaute, l'air gêné. Il me dit qu'il va lui aussi faire un dernier tour et qu'on repartira après.

Je reprends ma place et essaie de vendre un maximum, pour qu'il soit fier de moi à son retour. Mais lorsque je lui montre les sacs vides au bout de cette dernière demi-heure, mon sourire se fige immédiatement et je sais bien qu'il ne dira rien d'autre que ce « on s'en va » fermé et sans sourire. Et nous repartons : prendre la mule d'abord, charger les matériaux ensuite (un sac de ciment et quelque chose que je n'avais jamais vu de près avant : des carreaux de céramique dans des petites boîtes de carton), puis c'est la route et finalement le chemin de montagne. Le soleil descend rapidement. Dès qu'il a disparu derrière un contrefort de la sierra, la pénombre s'installe sous les arbres du sentier et la température tombe brutalement.

Nous arrivons enfin au village. Papa choisit le chemin le moins fréquenté pour arriver chez Don Tonio, celui qui passe derrière l'école, vide à cette heure. Il décharge les costales[9], avec délicatesse à cause du carrelage, hèle Don Tonio et lui demande son argent. Celui-ci le regarde bizarrement, voudrait peut-être dire quelque chose, hésite, reste muet. Nous voici enfin à la maison. Et là, c'est le silence aussi. Maman est seule pour une fois. Elle dit qu'elle a envoyé les garçons se coucher, que Maria dort, tout ça le nez obstinément penché sur la casserole où elle fait réchauffer de la soupe pour nous.

9 Costal : grand sac de toile de jute ou de plastic tissé utilisé pour tout transporter à dos de mule ou dans la benne d'un camion.

Papa ne lui pose pas de question pour l'oncle José. Où est-il ? Je vais dormir avec les garçons. Je pénètre dans la pièce sombre où j'entends leur respiration. Vais-je aller me jeter sur mon lit ? Je suis fatiguée pourtant. Non, il y a quelque chose que je sens, quelque chose que je ne comprends pas, quelque chose qui a mis en marche le détecteur à ennuis aujourd'hui. Je veux savoir. Je colle mon oreille à une fente des planches.

Mes parents dorment dans la grande pièce avec seulement la petite Maria. Ils parlent doucement dans le noir. Maman raconte comment l'armée est venue en début d'après-midi pour arrêter l'oncle José. Il paraît qu'il était recherché à Mexico City et que c'est pour ça qu'il est revenu se cacher au village. Papa répond que non, pas seulement, qu'en fait, l'oncle José voulait utiliser nos champs, ceux les plus éloignés du village... et les plus proches de la frontière, comme étape pour faire passer des cargaisons de drogue du Guatemala et les diriger vers il ne savait pas trop où. José ne le lui avait pas très bien expliqué.

— Pas très bien expliqué ? lui demande maman.

Oui, l'oncle José lui avait proposé une association, proposer n'était peut-être pas le bon mot car il n'avait pas trop le choix à l'entendre. Il aurait eu un fixe régulier chaque mois. Il aurait fallu aussi que les garçons aident à décharger les bêtes qui arriveraient de l'autre côté, qu'ils fassent en sorte que la route soit libre de curieux. S'ils obéissaient bien, ils auraient une chance d'intégrer une équipe plus loin en chemin, et même d'aller à Mexico City, un jour peut-être. C'est ce qui l'avait décidé, continue doucement papa.

— Décidé à quoi ? demande maman.

— Décidé à descendre en ville et à le dénoncer à la police, termine-t-il dans un souffle.

Il n'y eut aucune réponse de maman à cela. Je rejoins sans bruit mon lit dans le noir et je m'endors. La dernière pensée qui me vient à l'esprit avant de sombrer, c'est pour me demander si demain les grandes de l'école me diront encore bonjour ou pas.

BELIZE

SAN IGNACIO

MARK SE REDRESSA avec lenteur et essuya du revers de sa manche déchirée les gouttes de transpiration qui lui brûlaient les yeux. Il évalua du regard le travail encore à faire. Trois heures, peut-être quatre pour terminer de débroussailler, puis deux pour vérifier l'état de maturité des ananas. Peut-être aurait-il fini demain midi. Pour aujourd'hui, il était temps d'arrêter. Le soleil se couchait déjà. Mais, Dieu que cela en valait la peine. Il sentit une onde de fierté le traverser en contemplant la parcelle, bientôt en ordre, les premiers arbres portant leurs fruits... Tout ça en si peu de temps, à partir d'un terrain qui avait tout de la forêt vierge pour avoir été abandonné pendant cinq ans par l'oncle.

Mark rassembla ses outils et se dirigea vers la cabane située au bord du chemin qui lui servait maintenant de logement ; une seule pièce contenant un lit, une petite table bancale et un réchaud et puis un porche abritant la terrasse, le tout en planches mal dégrossies mais entouré de buissons de bougainvillées d'un rouge éclatant. Il l'avait construite rapidement à son arrivée sur les restes de la dalle en ciment de l'ancienne habitation. Évidemment, il lui faudrait un certain temps pour pouvoir construire en blocs. Mais, bon, une chose à la fois. Là, maintenant, il s'agissait de bien vendre la première récolte pour rembourser les différents prêts à la famille qui lui avaient permis de survivre. Après, il achèterait le terrain à l'oncle. Un don, c'était bien mais il préférait un titre de propriété, lui.

Le chemin était désert ; pas de voisins pour papoter ce soir. Tant mieux ! Il en avait un peu marre de cette curiosité qu'il sentait peser sur lui : saurait-il s'en tirer, lui le type de la ville ? Marre des cancans aussi. Il savait bien que les gens se posaient des questions, se demandaient pourquoi son cybercafé avait brûlé, pourquoi il était venu ici, dans ce coin perdu. Personne ne les lui posait directement, ces questions. Mais il savait bien que les langues marchaient bon train dans son dos. Qu'espérer d'autre d'un petit village de province comme San Ignacio ? Qu'espérer d'autre au Belize qui n'était lui-même qu'un gros bourg de province ? Heureusement qu'il y avait Frank à San Ignacio ; Frank avec qui se bourrer la gueule, Frank avec qui parler de l'Angleterre.

Mark se fit frire du riz et des tomates, s'installa sous le porche dans le vieux fauteuil bleu électrique, cadeau de l'oncle lui aussi, et dévora son repas à même la casserole. Oui, ici il faisait calme, se dit-il en relevant la tête et en jetant un regard sur le sentier désert et la forêt environnante. Pas de bruit, si ce n'était le chant d'oiseaux dont il ne connaissait pas le nom. Pas de coup de feu dans la nuit, ou de couple se disputant violemment que l'on entend à travers les murs. Pas de risque de recevoir un coup de couteau en rentrant le soir.

Sa parcelle se situait au bout d'un chemin secondaire et serait tout sauf accessible pendant la saison des pluies. La raison de la générosité de l'oncle, se dit Mark avec un sourire amer. Mais elle était fertile, cette parcelle. Après les premiers mois de remise en état, tout donnait bien : les ananas, les citrons, les bananes... La seule chose qui lui manquait encore, c'était le label bio. Il devrait encore attendre un peu pour ça et essayer de vendre sa première récolte au meilleur prix sur le marché normal. Mais clairement, ça rapporterait plus le bio. Essayer de trouver un réseau de distribution alternatif aux États-Unis ou en Europe, aussi. Ça, ce serait pour sa prochaine recherche internet, lorsqu'il descendrait à San Ignacio.

Mark se laissa aller en arrière, chercha la meilleure posture pour ne pas donner sur les deux cicatrices qui couvraient son épaule droite et s'assoupit dans l'air toujours tiède. Il se réveilla en sursaut au milieu de la nuit. C'était le même cauchemar, la même sensation d'impuissance à contempler la maison brûler de l'autre côté de la rue avec la certitude que Sarah était toujours dedans. Il la voyait brûler en rêve alors que ce soir-là il n'avait rien vu, rien trouvé ; l'incendie était déjà terminé lorsqu'il était revenu. Une poutre à moitié calcinée lui était tombée dessus lorsqu'il s'était précipité dans les décombres. Un voisin l'avait dégagé et tiré sur le trottoir. C'était tout ce dont il se souvenait.

Après, c'était le vide, le noir palpitant de cette douleur à l'épaule droite lorsqu'il s'était réveillé à l'hôpital. La nausée l'avait pris lorsque, sous l'effet du regard apitoyé de l'infirmière, il s'était remis à penser, se souvenir, à imaginer ce qui s'était passé à l'intérieur. Il avait écouté sans dire mot sa mère lui raconter comme quoi le cybercafé, son cybercafé, avait brûlé jusqu'au sol. La visite du policier lui avait confirmé ce qu'il craignait ; que Sarah était bien dedans au moment de l'incendie, qu'ils avaient trouvé quelques restes, non identifiés, mais quel autre enfant de trois ans aurait pu se trouver là que Sarah ? Il était resté deux semaines à l'hôpital. À sa sortie, il avait soigneusement évité de passer dans Tangerine Street et quitté Belmopan le jour même, grâce à l'oncle qui lui avait offert cette parcelle dont il ne s'occupait plus, parce que trop loin de tout. Mark s'extirpa du fauteuil, rentra et se dirigea vers son lit. Au passage, il saisit la bouteille sur la table et se versa trois verres pleins, froidement, délibérément. Il voulait dormir. Sans rêves, cette fois.

Évidemment, ça se paie le lendemain, se dit-il en se réveillant dans la chaleur étouffante. Il se retourna avec difficulté dans le lit trop étroit, se redressa, se leva, jeta un coup d'œil à sa montre et jura. Porté par un élan buté d'ignorer sa faim, son mal de tête, ses bras meurtris, il se retrouva en fin d'après-midi avec la récolte souhaitée. Charger le pick-up, descendre avec précaution les trois miles de mauvais chemin qui le conduirait à San Ignacio, ça lui prendrait encore bien une heure : juste à temps pour le déposer chez le grossiste qui l'apporterait cette nuit à la criée internationale.

Une fois son chargement en sécurité dans l'entrepôt de ce voleur maigre de Thompson, Mark se dit qu'il avait bien mérité un tour en ville. D'ailleurs, il y avait pas mal d'animation. Il demanda à un jeune, moitié asiatique, moitié garifuna, nonchalamment appuyé contre la façade en bois de l'entrepôt, ce qui se passait. Ce n'était rien d'autre que la fin du meeting d'un représentant du PUP qui était arrivé en début d'après-midi de Belize City dans un convoi de belles voitures, entouré de son service d'ordre, mais c'était assez pour San Ignacio. On était venu l'écouter, on avait espéré quelques verres gratuits et maintenant, tout se terminait, comme d'habitude le vendredi soir, dans les cafés de la rue principale.

Mark pénétra dans la salle du *Blue Bird*, repéra Frank au bar et se dirigea vers lui. Le colosse aux cheveux blonds et à la peau toujours trop rouge semblait au repos mais Mark ne s'y trompait pas ; Frank savait très bien y faire pour surveiller tant son personnel que les clients. Le café-restaurant-hôtel tournait bien. Peut-être pas de quoi amasser une fortune mais en tout cas assez que pour vivre confortablement, surtout avec un complément de retraite de l'armée britannique. Non, Frank était bien mieux ici que dans un appartement miteux de Brixton ou de Hackney qui était tout ce que ladite retraite lui aurait permis, là-bas.

Frank le contempla quelques secondes sans dire mot puis lui proposa de venir prendre une bière au calme, sur la terrasse du troisième étage. Ils s'installèrent côte à côte dans deux fauteuils à bascule, les pieds sur la balustrade. C'était l'heure précieuse du crépuscule, ce bref moment où les façades en bois prenaient des teintes parfaites dans la lumière dorée qui cachait leur décrépitude. Sans savoir pourquoi, Mark se mit à parler de l'époque où, à cette heure, il donnait le bain à Sarah, heureux de la sentir dans sa vie, heureux du départ de la mère finalement, qui la lui avait un jour laissée sans explications, heureux de son sourire et de ses éclats de rires quand elle l'aspergeait. Qu'il en rêvait chaque nuit. Que tout ça lui semblait terriblement lointain alors que ça ne faisait même pas un an.

Frank l'écouta en silence puis se leva et alla chercher un sachet d'herbe, son tabac et commença à préparer deux cigarettes. Mark saisit la première. Puis la seconde. Comme d'habitude, il se demanda combien de cigarettes, combien de bières, combien de whisky, seraient nécessaires pour engourdir l'angoisse, anesthésier la douleur... Tout ce qu'il voulait, là, c'était arriver à bloquer ces images incontrôlées qui remontaient des profondeurs de sa mémoire et éclataient comme des bulles de gaz obscènes et nauséabondes à la surface de son marécage mental. Ne plus penser. Boire encore. Fumer.

Mark se réveilla en sursaut. La nuit était tombée, l'air tiède et doux. Frank n'était plus là. Mark se mit à rire en entendant les éclats de voix montant du bar. Il se leva sans effort, l'esprit léger, toute torpeur disparue. Maintenant, il se sentait bien. Il avait envie de faire un tour en ville. Se faire une touriste peut-être. Boire encore. Profiter de la visite du politicien pour discuter avec des étrangers de Belize City ou de Belmopan...

Il glissa dans l'escalier. En fait, c'était plutôt l'escalier qui glissait et s'enroulait autour de lui. Pas trop vite, se dit-il quand la rampe du palier sembla se précipiter vers lui. Puis ce fut la rue. Il jeta un coup d'œil dans le bar : Frank était à son poste, vigilant. Où aller ? À la terrasse du *Pine Ridge Cafe*, il repéra une touriste seule. Elle sirotait son jus d'orange. Il s'approcha d'elle et entama la conversation : oui, c'était la première fois qu'elle venait au Belize, oui elle était seule, non cela ne l'ennuyait pas, non elle ne voulait pas de second verre. Il se décida pour une attaque frontale en lui demandant directement si ça ne la tenterait pas une expérience avec un black ; que ce serait cool. Elle lui répondit « non merci » sans passion ni indignation, avec un regard froid signifiant « je ne suis pas cool » puis se leva tranquillement et disparut au coin de Baker Street. Et merde, se dit Mark, encore raté.

Le problème avec San Ignacio, c'était qu'on avait vite fait le tour des quatre cafés qui valaient la peine. Mark entra finalement au Joe's bar et se dirigea droit vers le comptoir. Il s'y installa et commanda encore une bière. Il prit conscience de la présence d'un jeune type, tout petit, maigre et nerveux accoudé au comptoir. Mark entama la conversation, lui demanda d'où il venait, ce qu'il faisait. Le petit maigre répondit qu'il était un des gardes du corps de la grosse légume. Il n'avait pas vingt ans et ne semblait pas faire le poids mais son regard froid et fuyant parlait de coups de couteau donnés et reçus, d'un caractère de teigne aussi et peut-être de drogue. Mark continua la conversation, sans vraiment prendre garde, plongé dans son trip. Oui, le petit maigre était de Belmopan ; il y avait habité jusqu'à l'année dernière. Mark, sans savoir pourquoi, lui demanda s'il était parti avant ou après l'incendie sur Tangerine Street. Le petit maigre répondit avec hésitation que ça devait être après, qu'il ne se souvenait plus bien. Le petit maigre commença à regarder sa montre de plus en plus souvent puis la sortie. Il se redressa et annonça à Mark qu'il devait y aller, qu'on l'attendait.

Mark se replongea dans la contemplation de son verre. De nouveau seul, silencieux. Qu'est-ce qu'il lui avait dit ce type ? Il lui semblait l'avoir déjà vu mais où ? La mémoire lui revint dans un éclair. Belmopan. Il l'avait croisé dans Tangerine Street. Mais c'était normal, non ? Belmopan était si petit ! Il devait connaître tout le monde de vue. Mais non, il y avait quelque chose de plus. Quelque chose de plus dans son regard fuyant, dans son attitude de bête enragée, dans son malaise à le regarder en face. Quelque chose qui lui rappelait... Cette nuit-là. Oui, il l'avait croisé cette nuit-là ; la même silhouette maigre, le même regard fuyant quand il l'avait croisé, la même attitude sournoise.

Mark bondit et sortit en courant, essayant de repérer la silhouette maigre et nerveuse dans la foule bruyante du vendredi soir. Il parcourut chaque rue en vitesse et remonta même Old Benque Road jusqu'à la station-service. Le petit maigre était là. Il faisait le plein. Mark l'agrippa par derrière, lui passa un bras autour du cou et commença à serrer en repliant son coude.

— Pourquoi ? demanda-t-il avec fureur. Pourquoi avoir mis le feu ?

Le petit maigre, sans répondre, se débattit comme il pouvait.

— Si tu ne me dis rien, je te défonce la tête dans la vitre, hurla Mark.

Le petit maigre dut sentir qu'en effet il le ferait, s'immobilisa et lui demanda d'un geste de la main de desserrer son étreinte pour lui permettre de parler. Puis vint l'explication, hachée, incohérente ; c'était à cause d'Angela. Il avait eu toutes les peines du monde à la convaincre de quitter Mark. Laisser Sarah derrière ne lui plaisait pas trop, même si, la plupart du temps, elle était trop abrutie par la drogue qu'il lui filait pour vraiment y faire attention. Un jour, Angela avait disparu, l'avait quitté. Il avait cru qu'elle était retournée avec Mark, pour la petite. Et ça l'avait rendu fou de rage. Alors, il avait décidé de se venger, de frapper là où ça ferait mal : le cybercafé où il savait bien que Mark avait mis toutes ses économies. Ce qu'il ne savait pas, par contre, c'était que, depuis le départ d'Angela, Mark y habitait avec Sarah. Le petit maigre répéta en couinant :

— Non, je ne savais pas, je l'jure !

Après, terrifié, il avait quitté la ville et s'était caché à Corozal dans le nord, jusqu'au moment où un ami lui avait procuré ce boulot de garde du corps.

Mark desserra son étreinte et dit d'une voix étrange, sans inflexion :

— File !

Le petit maigre s'affala contre la portière de la voiture. Mark recula de dix pas. Le petit maigre se précipita derrière le volant et mit le contact. Mark tira son briquet et un vieux mouchoir en papier de sa poche. Il s'arrêta au bas de la colline qu'il avait dévalée après avoir lancé le mouchoir allumé dans la flaque d'essence qui s'était créée à proximité du réservoir lorsqu'il avait empoigné le petit maigre et que celui-ci avait lâché la pompe. Mark contempla avec délectation les coups de fouet des flammes bondissantes monter à l'assaut du ciel, répondre aux battements de son cœur vibrant d'exultation. Il s'enfonça entre deux jardins et décida de rentrer à San Ignacio par les prés pour éviter de croiser les curieux qui se précipitaient vers l'incendie. Il avait beau avoir tourné le dos à la boule de feu, il n'en ressentait pas moins sa chaleur dans la poitrine. Ou bien était-ce tout simplement le contentement, celui de savoir qu'il dormirait bien cette nuit-là ?

BELIZE CITY

John se dirigea vers le loueur de DVD de Wardour Street. Il voulait faire une surprise aux enfants et leur rapporter *Le Roi lion*. Machinalement, il évaluait chaque personne croisée, la classant dans l'une de ses trois grandes catégories (« ne penserait même pas à poser problème », « va me poser problème dans les cinq minutes si je le laisse faire », « s'il ne me pose pas problème, ce serait bien étonnant ») lorsqu'il repéra la touriste. Petite, la soixantaine maladroite et ce je-ne-sais-quoi qui devait attirer tous les voleurs à la tire. Elle sortait du guichet automatique de la *Scotia Bank*, l'air un peu perdue. Il se demanda si elle espérait qu'une banque soit ouverte un samedi après-midi et se traita d'idiot : elle devait plutôt chercher à retirer de l'argent avec sa carte de crédit. Il ralentit en arrivant à sa hauteur et lui demanda avec un sourire engageant si elle avait besoin d'aide. Elle le regarda, hésitante, méfiante aussi, et cela le peina. Seigneur, est-ce que personne ne pouvait jamais rien faire de manière désintéressée, même à Belize City ? Il dut réitérer sa question pour qu'elle finisse par lui demander s'il savait quelle banque permettait de retirer des dollars béliziens sur une Mastercard. Elle venait déjà de faire une agence de l'*Alliance*, maintenant la *Scotia Bank* et ces deux-là ne la prenaient pas, la Mastercard...

John lui indiqua la *Bank of Belize* et lui proposa avec un grand sourire de l'y conduire. La méfiance réapparut sur le visage ridé. Il lui jura que, non, il n'avait aucune intention mauvaise, que, comme elle pouvait voir à son uniforme, il était agent de sécurité, qu'il rentrait de son travail et qu'il voulait simplement lui rendre service. Elle accepta et il la mena au sas du guichet automatique de la *Bank of Belize* qui se trouvait sur Union Street. Il s'assura du coin de l'œil que l'espace n'était occupé par aucun malfaisant puis l'abandonna en lui souhaitant le bonjour. Il la vit y rentrer, soulagée, toujours vigilante pourtant. Oui, pour une femme seule, déjà âgée, c'était compréhensible mais c'est dommage malgré tout. Il continua son chemin sans plus y penser, toujours à observer la rue, les gens qui déambulaient tranquillement par ce beau samedi ensoleillé, les petits vendeurs, les mendiants aussi. Trop de mendiants, se dit John tristement, trop de jeunes intensément occupés à ne rien faire.

Il se demanda avec angoisse si c'était là le seul avenir possible pour Cole, son tout-petit ; huit ans, attendrissant lorsqu'il sortait sur la terrasse en entendant ses pas dans l'escalier au retour du travail et qui lui demandait s'il avait arrêté beaucoup de voleurs aujourd'hui. Deviendrait-il un jour un de ces jeunes désœuvrés qui tombent dans un gang et qu'on lui ramènerait avec un coup de couteau entre les côtes après une bagarre de rue ? Et sa petite Kim, la sœur jumelle de Cole, la prunelle de ses yeux, que lui arriverait-il ? Tomberait-elle sur un mari violent comme la pauvre Mrs Jones qu'il ne voyait jamais sans un pincement au cœur le dimanche à l'église : vingt-cinq ans et l'apparence d'en avoir au moins dix de plus, le regard éteint et traqué, le corps recroquevillé dans une robe toujours tachée et que seule la vue de ses quatre garçons assis peu sagement sur le banc à côté d'elle pouvait ranimer un instant ?

Non, il ne voulait pas se laisser aller au défaitisme : tout dépendrait de lui ! Et de Nora aussi, évidemment. Il eut un large sourire intérieur en pensant à Nora : une femme intelligente, bonne, qui l'avait choisi, miraculeusement choisi, lui. Elle aurait pu prétendre à tellement mieux ! Il aimait voir son sourire le matin quand elle dormait encore. Il aimait leur appartement au premier étage d'une petite maison en bois qui vibrait des rires des enfants lorsqu'il s'agissait de prendre leur petit-déjeuner et de s'apprêter pour aller à l'école. Il aimait les gestes tendres et doux de Nora pour les aider à enfiler leur uniforme lorsqu'il les apercevait par la porte entrebâillée de la chambre des enfants. John s'arrêtait alors quelques instants pour profiter de la vision de ce bonheur tout simple : les petits secrets échangés entre deux baisers, l'impatience de Cole lorsque Nora vérifiait que sa chemise était bien boutonnée, les mains de celle-ci donnant forme aux tresses de Kim. Puis, ils partaient ensemble. Il adorait prendre leur main dans la sienne, voir Cole se raidir, fier comme un roi que son papa le mène à l'école et Kim à sa droite qui lui racontait ce qu'elle dirait à ses amies. Il aimait recevoir le dernier baiser de Nora au coin de la rue, lorsque lui tournait à gauche et elle à droite pour se rendre à son travail d'assistante sociale dans un centre pour femmes battues.

À ce moment-là, il se sentait heureux et la seule angoisse qui pouvait venir l'assombrir c'était la pensée : « Seigneur, pourvu que ça dure, ne m'enlevez pas ça ». Mais elle disparaissait vite, cette angoisse : n'avait-il pas tout ce qu'il fallait pour être heureux ? Il se sentait confiant en l'avenir grâce à Dieu, il savourait chaque moment de ce présent glorieux et le passé, il n'y songeait jamais car ça n'avait plus de sens avec un tel bonheur à lui. Il sortit de sa rêverie en se retrouvant devant la petite maison de bois, salua Mr Singh, le Pakistanais qui tenait l'épicerie du rez-de-chaussée et qui se trouvait sur le pas de la porte, s'engagea dans le couloir courant le long de la maison et grimpa quatre à quatre l'escalier qui montait vers la terrasse du premier étage où se trouvait leur appartement. Cole, l'ayant entendu, comme toujours, ouvrit la porte à toute vitesse et se précipita dans ses bras, suivi de près par Kim. Tout excité, le petit lui raconta la matinée, le repas qui était bientôt prêt et lui demanda si on irait se promener après. John répondit que oui en voyant Nora dans l'encadrement de la porte qui leur souriait et approuvait silencieusement de la tête. John se dirigea vers elle, l'embrassa maladroitement avec les enfants qui s'accrochaient à lui et ils rentrèrent tous dans l'appartement. Oui, tout cela était bon à vivre. Ils s'installèrent à table. John, comme toujours, fixa les enfants du regard, pour leur signifier qu'ils devaient maintenant être attentifs et commença la bénédiction du repas à voix haute. Il la faisait toujours courte, en accord avec Nora qui s'était éloignée depuis un certain temps de leur église. En y pensant, cela le chagrina un peu mais il conserva son optimisme : chez un être aussi bon, ça ne pouvait être que temporaire.

Pendant le repas, Cole remit la question importante sur la table, tout excité : où irait-on se promener ? Kim l'observait avec des yeux brillants, sans pourtant oser dire un mot. John se tourna vers Nora et il constata avec un petit choc qu'elle avait l'air épuisée. Il proposa d'aller sur la digue, d'emporter un ballon. Cole acquiesça, tout excité. Kim demanda avec appréhension si on la laisserait jouer, elle aussi.

— Mais oui, bien sûr ! Pourquoi est-ce que tu ne pourrais pas jouer au foot ?

Le visage de la petite fille rayonna. Nora se prononça d'une manière posée. Elle prendrait un livre et elle resterait à l'ombre dans le parc pendant qu'ils joueraient tous les trois. Elle semblait vraiment épuisée, en effet. Ils en discutèrent en chemin pendant que les jumeaux couraient devant eux. C'est vrai que ça commençait à la miner de n'entendre à longueur de journée que des récits d'horreurs entre drogue, mères trop jeunes et hommes violents. Le matin, elle avait dû gérer le mari d'une des jeunes femmes qui était venue les consulter. Cet homme l'avait appris (sa femme n'avait pas eu le courage de partir, finalement) et l'avait insultée en pleine rue, devant le centre où on ne le laissait pas entrer, l'accusant de vouloir rompre son mariage en incitant sa femme à le quitter.

C'était bien lui qui lui avait cassé le bras la semaine d'avant, pourtant. Oui, Nora l'admettait, elle était fatiguée, à bout de souffle, n'ayant plus l'impression de faire quoi que ce soit d'utile. À l'entendre, John eut un frisson de panique.

— Te rends-tu compte de ce qui aurait pu se passer ! Il aurait pu être armé, ce type ! Te blesser ! Je ne veux pas qu'il t'arrive quoi que ce soit, moi !

— Je sais John, répondit Nora de sa voix posée. Je sais. Tu crois que ce matin, je n'avais pas peur ? J'ai peur d'y retourner lundi, oui. Mais si je n'y retourne pas, c'est lui qui gagnera, non ? Laisser faire, par lâcheté ou hypocrisie, c'est ce que j'ai toujours refusé, continua-t-elle sur un ton rageur. Non, je ne le veux pas ! Et j'y retournerai lundi, malgré tout.

John regarda Nora en souriant.

— Tu seras toujours aussi obstinée. Mais, s'il te plaît, fais attention à toi ! Fais attention pour nous, pour les enfants.

Nora le regarda tendrement en lui souriant et s'arrêta de marcher pour l'embrasser.

Longtemps après, John devait encore se rappeler cette journée de bonheur tranquille avec nostalgie ; la digue, le soleil, les enfants qui jouaient, insouciants. Tout cela lui semblerait vraiment très loin, une fois engoncé dans la pluie anglaise et la grisaille de Leeds. Ils en avaient reparlé ce soir-là, dans leur chambre, Nora et lui ; l'envie d'offrir autre chose aux enfants comme avenir. Assurer leur éducation aussi. C'était un projet qu'ils caressaient depuis quelque temps, partir en Angleterre, sans jamais le concrétiser. Ce soir-là, ils s'y étaient décidés, enfin, sous la pression de son angoisse à lui, encore bouleversé par l'agression contre Nora. Une fois la décision prise, ça n'avait pas été si difficile que ça à organiser.

Grâce à ce grand-père gallois qui lui avait légué ces yeux d'un bleu impossible, John disposait encore d'un passeport britannique. Il avait parlé de leur projet à la réunion de la congrégation le jour suivant et tout s'était enchaîné rapidement. Mr. Carter, un membre respecté de la communauté, avait un frère à Leeds ; il était sûr que celui-ci leur trouverait du travail et un petit logement pour les premiers mois.

John l'avait remercié et dès le lundi suivant avait pris contact avec Richard Carter qui s'était révélé aussi chaleureux et désireux d'aider que son aîné. C'est ainsi que cinq mois après, ils avaient débarqué tous les quatre à Heathrow pour être accueillis par un tout petit homme déjà voûté, au sourire resplendissant et au costume impeccable. Richard Carter les avait menés directement à sa voiture tout en les interrogeant avec excitation. Cela faisait tellement longtemps qu'il n'était pas rentré au pays.

Ils avaient chargé leurs bagages dans le coffre de la vieille Toyota. Nora et les enfants s'étaient installés à l'arrière et la longue route vers le nord commença. Le trajet avait duré plusieurs heures. Ils avaient d'abord dû s'extraire de la dense circulation sur la M25 encerclant Londres. Puis ce furent les longs miles de la M1. Les enfants regardaient le paysage avec excitation, s'exclamaient aux voitures qu'ils ne connaissaient pas et posaient sans arrêt des questions jusqu'au moment où la fatigue les terrassa. John, assis à côté de Richard Carter, devenu depuis longtemps « Oncle Richard » pour les enfants, parlait avec celui-ci du Belize, de l'Angleterre tout en essayant de maîtriser son angoisse et son découragement face à la laideur de cette autoroute en cet après-midi de novembre où tout, même le soleil, semblait gris. Pour se rassurer, il avait cherché le regard de Nora dans le rétroviseur et son sourire réconfortant.

Ils étaient arrivés en pleine nuit (mais, en fait, il découvrirait plus tard que la nuit dans ce pays pouvait tomber à quatre heures de l'après-midi) dans la petite rue de Leeds où leur appartement les attendait, avaient sorti les enfants endormis de la voiture sans les réveiller, les avaient portés jusqu'à l'appartement minuscule mais propre qui leur avait été loué par l'intermédiaire d'Oncle Richard.

À partir de là, ils avaient trouvé leur place. Avec ses références, John trouva rapidement un premier travail d'agent de sécurité. Nora chercha d'abord un mi-temps dans le milieu associatif puis décida l'année d'après de réaliser enfin son rêve le plus cher : aller à l'université. Ils avaient dû faire face au racisme, bien sûr, plus que ce qu'il n'avait imaginé. Ils avaient travaillé dur, s'étaient intégrés dans une nouvelle communauté, celle des expatriés, avaient essayé d'éduquer les enfants de leur mieux. Et le temps avait passé. Vite.

Nora travaillait maintenant à l'université comme assistante en sciences sociales. Lui, après trois ans, avait mis sur pied sa propre société de gardiennage qui maintenant marchait bien. Cole avait déjà une année d'avance à l'école et Kim, sa petite Kim, était devenue une ravissante adolescente le dépassant d'une tête et se mouvait dans la vie avec la grâce d'un cygne qui n'appartenait qu'à elle. Elle était toujours la prunelle de ses yeux et il s'inquiétait toujours autant pour elle. Elle, elle lui disait avec son sourire tranquille, qui rappelait tant celui de Nora, de ne pas se faire de soucis, qu'elle était une grande fille du haut de son mètre quatre-vingt-cinq et qu'elle ne se laisserait pas avaler par le monde des photographes de mode dans lequel elle commençait à évoluer. Oui, elle était solide sa petite fille, et sensée aussi, se dit John.

Pourtant, ces derniers temps, il lui prenait de plus en plus souvent l'envie de rentrer au Belize, surtout un jour comme aujourd'hui, un sombre jour de novembre, où il observait Wardour Street de la fenêtre de son bureau et qu'il contemplait la rue sale, grise sous la neige à moitié fondue et les visages renfrognés des passants. La chaleur lourde de Belize City lui manquait, les maisons de bois de la vieille ville, la mer aussi. Quand il parlait à Nora de ses envies de retour, c'est elle-même qui lui rappelait ses inquiétudes pour l'avenir des enfants quand ils vivaient encore « là-bas », qui attirait son attention sur chaque fait divers dont le Belize Times faisait sa première page ; le meurtre d'un revendeur de drogue à San Ignacio, l'incendie d'un cybercafé à Belmopan, une femme assassinée par un mari violent à Belize City. La liste était sans fin. N'était-ce pas ça qu'il avait voulu fuir ? N'étaient-ils pas heureux ici ?

Plus en sécurité, les enfants ? se demanda John toujours debout devant la fenêtre. Finalement, il n'en était pas sûr quand il traversait certains lotissements de logements sociaux avec leurs bandes de jeunes désœuvrés ou quand il observait les sans-abri du centre-ville. En tout cas, Nora, elle, était heureuse et s'était épanouie dans sa nouvelle carrière d'une manière totalement inattendue. C'est ça qui l'avait poussé à lancer sa société d'ailleurs, pour ne pas avoir l'impression de ne plus être assez bien pour elle, pour ne pas risquer de la perdre. John se détourna de la fenêtre avec un soupir dont il ne sut même pas définir lui-même si c'était de contentement ou de regret. Il s'approcha du portemanteau et enfila la solide parka bien doublée marquée du logo rouge que Cole lui avait dessiné : il voulait aller constater par lui-même comment se débrouillaient les deux nouvelles équipes du centre-ville. Il avait réussi à convaincre une chaîne de magasins de lui faire confiance pour leur nouvelle implantation à Leeds ; il voulait éviter le moindre pépin. Il sortit de son bureau, demanda d'une voix douce à Miss Harrington, la toute jeune et toute nouvelle secrétaire, de prendre les appels pour lui durant les deux heures suivantes. Elle acquiesça d'un air peu assuré. Il lui répondit, avec un sourire encourageant, qu'elle le ferait très bien.

Il se retrouva dans Wardour Street, marchant d'un pas rapide dans le vent froid lorsqu'il repéra la touriste ; petite, la soixantaine maladroite, et ce je-ne-sais-quoi qui devait attirer tous les voleurs à la tire. Elle sortait du guichet automatique de la *Bank of Scotland*, l'air un peu perdue. Il ralentit en arrivant à sa hauteur et lui demanda avec un sourire engageant si elle avait besoin d'aide. Elle le regarda, hésitante, méfiante aussi, et cela le peina. Il dut réitérer sa question. La dame le regarda de manière hésitante et lui dit, dans un anglais difficile avec un fort accent de l'est, qu'elle cherchait une banque dont le réseau permettait de retirer de l'argent sur une carte de débit polonaise. Il réfléchit un moment, lui indiqua la succursale la plus proche de la *Barclays* et lui proposa avec un grand sourire de l'y conduire. La méfiance réapparut sur son visage encore beau, quoiqu'usé par les soucis. Il lui jura que, non, il n'avait aucune intention mauvaise, que, comme elle pouvait voir à son uniforme, il était agent de sécurité, et qu'il voulait simplement lui rendre service. Elle accepta et il la mena au sas du guichet automatique de la *Barclays*. Il s'assura du coin de l'œil que l'espace n'était occupé par aucun malfaisant puis s'en retourna vers le centre commercial, le sourire aux lèvres en se disant que, finalement, il était bien ici.

GUATEMALA

NUEVA JERUSALEM

PHILIPPA SE RÉVEILLE en sursaut, le cœur battant à tout rompre. La sueur qui dégouline dans le creux de sa nuque la fait frissonner. Elle se redresse dans le lit et se demande comment son mari, lui, ne se réveille pas au bruit qui sort de sa cage thoracique, qui vrombit à travers la pièce, résonne sur les murs en planches et lui revient en pleine figure. De longues minutes passent avant que son cœur daigne se calmer. Sa bouche est sèche, son estomac se contracte encore sous la dure poigne de la peur. D'un geste nerveux, elle tente de faire rentrer une mèche de cheveux grisonnants dans la longue tresse qui lui pend dans le dos. Elle essaie de se rassurer en pensant à ce qu'elle fera demain, non, aujourd'hui.

Elle commencera à tisser une nouvelle pièce, dans des tons orange cette fois-ci. Elle regardera son mari partir aux champs comme tous les jours. Comme tous les jours, elle enverra les enfants à l'école, ne gardant que l'aînée pour lui apprendre à tisser et pour s'occuper du bébé, aussi. Comme tous les jours, la voisine viendra papoter lorsque le village sera déserté par les hommes. Comme chaque mardi, ils iront tous ensemble au culte du soir. Comme à chaque office, elle s'abîmera dans le rythme lancinant des chants et de l'orgue, se plongera dans cette musique pour oublier la peur et en ressortira apaisée.

Philippa se rallonge. Les muscles de son corps se détendent petit à petit ; bercée par le souffle régulier provenant du corps immobile à côté d'elle, elle se rendort. Pas pour très longtemps. À quatre heures, elle se lève et met en route le feu pour cuire les tortillas du matin. Tout se passe comme elle l'avait imaginé ; une vie tranquille et calme, une vie normale. Pourtant, la peur est toujours là et enfle au moindre prétexte ; un geste inattendu de la part de son mari, le mouvement d'un animal qu'elle perçoit du coin de l'œil et son cœur se remet à bondir. Philippa ne comprendra la raison de sa peur que plus tard, lorsqu'elle recevra la lettre. Enfin, plus exactement, c'est son mari qui la reçoit. Mais comme il n'est pas là et que, de toute façon, ils ont tous les deux des difficultés avec les papiers, elle va à l'école rechercher les enfants et en profite pour demander à la petite institutrice de lui lire ça. La jeune fille commence d'une voix douce : « Mon cher Edwin, nous n'avons pas l'habitude d'écrire souvent mais nous pensons que cette fois-ci, il est important que toi et ton épouse appreniez ce qui suit. Cela fait vingt ans maintenant que vous avez quitté le village... ».

Philippa n'entend plus la voix légère, ne voit plus la salle de classe, les bancs. Elle se retrouve, en effet, vingt ans auparavant. Quel âge avait-elle alors ? Quinze ans ? Seize ans ? Elle ne sait plus. En tout cas, elle se souvient de la scène comme si c'était hier : elle et Edwin avaient décidé de partir, de s'enfuir du village et de tenter leur chance ailleurs, dans une zone plus calme. Ils n'étaient pas les seuls et, assez rapidement, ils se mirent d'accord à plusieurs familles et s'entassèrent dans le camion. À ce moment-là, Edwin et elle ne formaient pas encore un couple ; ça, ça viendrait plus tard. À ce moment-là, ils n'étaient encore unis que par leur besoin de fuir, et leur peur.

Après quatre jours de route, ils étaient arrivés dans ce petit coin de l'Alta Verapaz qui n'était alors accessible que par des kilomètres de sentiers défoncés. À Rabinal, on le leur avait indiqué comme étant encore libre. S'ils voulaient s'y installer, pas de problème : ils devraient simplement s'arranger avec les deux communautés voisines de Fayçan et San Gregorio pour délimiter leur territoire. Ils y étaient arrivés le soir même. Le soleil se couchait déjà sur un morceau de terrain plus ou moins plat dans le creux d'une vallée entourée de collines boisées.

La végétation recouvrait tout sauf quelques blocs de calcaire émergeant çà et là. C'est ce qui les avait décidés à rester, les rochers et leur grotte dont sortait un petit ruisseau qui leur assurerait de l'eau pendant toute la saison sèche. Ils avaient dormi là dès le premier soir. Chaque famille avait rapidement choisi son lopin, s'y installant tant bien que mal. Pendant vingt ans, ils avaient travaillé dur à bâtir Nueva Jerusalem : construire une cabane, défricher la forêt, cultiver la milpa dans ce coin perdu, sans voir jamais personne pendant de longues années (c'était plutôt rassurant, ça). Leurs premiers enfants n'étaient même jamais allés à l'école.

Maintenant, les petits derniers y ont droit, à l'école. Un dispensaire s'est installé et même deux églises évangéliques concurrentes. Le chemin s'est élargi, est carrossable sauf au plus fort de la saison des pluies. Maintenant, ils arrivent à vendre un peu de maïs au marché. Maintenant, les hommes partent se louer comme journaliers pour rapporter un peu d'argent. Maintenant, une organisation étrangère a inclus Nueva Jerusalem dans son programme d'aide au développement et installé un petit atelier de tissage pour les femmes. Maintenant, Nueva Jerusalem est un vrai village. Ils ont bâti ce cadre rassurant, cette vie tranquille. Il n'empêche, la peur vient toujours lui rendre visite. Son corps est tendu, raide ; ses yeux toujours à l'affût ; son silence souvent pesant pour les enfants.

Son esprit retourne dans la salle de classe lorsque la petite institutrice lui demande doucement :

— Alors, qu'allez-vous faire ?

Philippa ne prend même pas la peine de réfléchir et répond :
— Nous irons.

Et les voilà en route. Cela fait une éternité qu'elle n'a pas repris ce chemin en sens inverse. D'ailleurs, pendant tout ce temps, elle n'est jamais allée plus loin que le village voisin, elle. Le vieux camion brinquebale : ce n'est plus le même que celui qui les a amenés trente ans auparavant mais tous les camions qui atterrissent sur ce sentier viennent s'y enfoncer en fin de vie, lorsque leurs propriétaires précédents n'en ont plus l'usage. Ils arrivent rapidement à San Gregorio, qui est maintenant leur municipio. Lui aussi change. Le marché s'est agrandi. Il y a des bâtiments en dur maintenant : la municipalité, la poste, la justice de paix. La route est asphaltée maintenant ; une route rapide malgré les tournants, une route pleine de monde qui marche, porte des sacs ou attend le bus, une route parcourue de bus qui chargent leurs passagers à toute vitesse pour ne pas se faire dépasser par leurs concurrents. Il y a aussi des voitures, plein, et des villages au bord de la route.

Philippa ne se souvenait pas qu'il y en eût autant. Mais non, il n'y en avait pas autant avant, quand cette route n'était encore qu'une mauvaise piste. Leur camion file à toute vitesse, lui semble-t-il depuis l'arrière de la benne. Pourtant, il se fait dépasser par d'autres camions, en meilleur état, des bus, des voitures. Edwin est debout, à côté d'elle, tendu et silencieux. Il a mis sa meilleure chemise, un chapeau neuf. Philippa, en le regardant, se demande ce qu'elle éprouve pour lui, après tant d'années passées ensemble. C'est un bon mari qui ne boit pas, au contraire de tant d'autres, qui travaille dur pour étendre les champs et participe à l'association de parents, au conseil de la communauté, avec calme et tranquillité mais toujours en recherchant le meilleur pour les enfants. Il vient aux réunions de la congrégation. Il ne s'est pas opposé à ce qu'elle apprenne le tissage, lui... Il a tout de suite vu l'avantage que ça pourrait leur procurer. Il s'est même montré moins méfiant avec les étrangers qu'elle. Vingt ans après, elle doit bien admettre qu'ils sont arrivés à un bon équilibre même si, à l'époque, rien d'autre que les événements ne les avait rapprochés. Maintenant, elle n'arrive même plus à imaginer sa vie sans lui.

Leur camion les dépose à Rabinal. De là, ils prennent un microbus vers leur village. « Leur » village ? se demande Philippa. Non, San Luis n'est plus leur village depuis longtemps. C'est Nueva Jerusalem qui est devenu leur village, celui où leurs enfants sont nés et ont grandi, où ils sont heureux. Il ne leur faut que douze heures cette fois-ci pour débarquer dans la grand-rue de San Luis. Et là, Philippa a un choc. Alors que tous les villages qu'elle a croisés sur la route lui ont donné l'impression de bouillonner d'activité, d'être surchargés d'enfants, vivants en somme, San Luis, c'est tout le contraire. San Luis est mort, désert. Il y a bien quelques vieux à la tienda devant l'arrêt du microbus, mais rien de plus. Parmi ces vieux, il y a l'oncle. Plus exactement, l'oncle d'Edwin : un petit vieux encore plus vieux que ce qu'elle aurait pu imaginer d'après son souvenir, courbé, ridé par le soleil mais toujours agile. Il trottine devant eux. Dans ses bottes de fermier, il s'en fiche de prendre les flaques de boue. Philippa suit lentement, choisissant le meilleur chemin possible pour épargner ses bons vêtements : elle n'a pas envie de les salir avant la cérémonie de demain.

Ils arrivent bientôt à la maison délabrée de l'oncle. La tante Elena est sur le pas de la porte à les attendre. Elle leur sourit craintivement, toute ridée elle aussi, courbée et tassée au point de ne pas pouvoir les regarder dans les yeux. Ils se mettent directement à parler en q'eqchi' car la tante n'a jamais appris à parler l'espagnol. Eux, oui. Il fallait bien puisqu'à Nueva Jerusalem avaient atterri des réfugiés de plusieurs départements qui ne se comprenaient pas entre eux : les uns parlaient q'eqchi', d'autres le kaqchikel et même certains l'ixil. Et puis pour les enfants, c'était mieux aussi. Mais le q'eqchi', ils l'utilisaient toujours entre eux, lorsque personne d'autre n'était là.

L'embarras des premières minutes laisse vite place aux questions qui fusent : combien d'enfants ont-ils ? De quelle taille sont leurs champs ? Ont-ils la radio ? Un camion ? L'électricité ?

Qu'est-il advenu des Icoh et des Senjay ? Philippa laisse parler Edwin. Elle se contente d'observer la petite cabane éclairée par le brasero posé sur la table et une petite bougie. Quel silence, se dit-elle : pas d'enfants. C'est normal dans un sens. Mais elle, ce silence ne l'arrange pas, il lui permet de trop penser. Penser à sa peur qui, tapie dans son estomac pendant toute la route, reprend maintenant de l'ampleur, gagne le diaphragme, les poumons même. Elle se regarde avec lucidité. Se demande avec angoisse où cela s'arrêtera. Pourra-t-elle au moins se lever de sa chaise ? S'installer sur la couche hâtive qu'on leur a préparée pour passer la nuit ? Parce que dormir, ça, elle le sait déjà qu'il ne faut pas y compter. Elle se prépare à cette nuit d'insomnie qu'elle sent venir, aux heures qui passeront inexorablement, les paupières ouvertes, le corps rigide et immobile pour ne pas réveiller son mari.

Personne ne parle de la cérémonie de demain, personne ne parle de cette nuit-là. Mais en fait, Philippa le sent bien ; cette nuit-là, elle est dans les esprits de chacun. Elle est dans le regard fuyant de l'oncle, dans le sourire édenté de la tante Elena, dans le dos tendu de son mari dont Philippa ne voit pas le visage, placé comme il est devant le feu au plus près de l'oncle. Cette nuit-là ? Une évidence que personne ne peut plus nier maintenant ; le monticule encore recouvert d'une bâche sur la place en fait foi. Au bout du compte, est-ce une bonne chose de se la rappeler ? se demande Philippa. N'aurait-il pas mieux fallu l'enterrer à jamais dans leur mémoire, cette nuit-là ? Ne plus jamais en parler ? Ne rien espérer de la justice ? Vivre au jour le jour, simplement, heureux d'être encore vivants ? En tout cas, ceux qui sont restés ont pensé autrement : ils ont obtenu qu'une association s'intéresse à eux peu après la signature des accords de paix et leur trouve un avocat. Mais ça leur aura tout de même pris encore dix ans pour obtenir quelque chose. Obtenir quoi ? se demande Philippa. De l'argent ? Un dédommagement ? Philippa n'y croit pas ; une cour internationale a beau avoir condamné l'État, il s'en fiche l'État. Philippa pense que personne ne recevra jamais quoi que ce soit comme dédommagement.

La cérémonie de demain ? À quoi bon ? Faire qu'un ministre soit au moins une fois venu dans sa vie, dans leur vie, à San Luis ? Quel intérêt ? Une heure après, il sera déjà reparti. Mais la peur, elle sera toujours là, non ?

Il est neuf heures du matin. Tout le monde est debout depuis longtemps dans le village et on attend. Il n'y a rien d'autre à faire. Seulement attendre et regarder avec curiosité les étrangers qui arrivent. Il y a pas mal de monde des villages voisins puis des gens de la ville, et même deux gringos. Il y a l'avocat et le représentant de l'association qui ont aidé le village. Il y a le maire aussi, même si le municipio est en fait à une demi-heure de route. Il ne veut pas rater l'occasion de voir un ministre, le maire.

Mais le ministre, on ne le voit toujours pas. Son arrivée est prévue pour dix heures. Il n'apparaîtra qu'à onze. Un peu décevant le ministre, se dit Philippa lorsqu'elle découvre un petit homme tout rond, sanglé dans un costume trop étroit qui dégouline de sueur dès qu'il sort de sa voiture climatisée. Il lui donne l'impression que c'est un de ces jours où il préférerait ne pas l'être, ministre... Eh oui, venir les voir, eux, dans leur bourg reculé, c'est la corvée, se dit Philippa dans une bouffée de colère qui enfle brusquement au milieu de sa peur.

Le ministre vient se placer devant la bâche vert foncé. Il attend que les photographes prennent position, fait un beau discours sur le devoir de mémoire, le nouveau gouvernement, la politique de celui-ci en faveur des communautés rurales... Philippa ne comprend pas un mot sur trois. Mais en fait, elle sent bien qu'il n'y a rien à comprendre. Tout ce qu'il veut, le ministre, c'est la photo ; celle qui paraîtra demain dans la presse, sous le titre « Le gouvernement actuel n'a pas peur de reconnaître les responsabilités de l'armée » (le titre du discours de Son Excellence, ça, elle a quand même compris). S'il n'avait pas peur, pourquoi lui a-t-il fallu tant de temps ? se demande Philippa, amère. Le ministre saisit le coin de la bâche, se baisse légèrement d'une manière dangereuse pour les coutures de son pantalon. Mais maintenant, Philippa n'a plus le cœur à se moquer. Elle fixe cette bâche qui se soulève, n'en détourne pas les yeux, même lorsque la peur lui tord de nouveau les entrailles.

La peur lui tord les entrailles. Comme dans son cauchemar. Comme toutes ces nuits où elle entend à nouveau les camions arriver, où elle est éblouie par le pinceau des phares puissants qui l'atteint à travers les fentes des murs de la cabane, où elle écoute les soldats en descendre à toute vitesse, où trois d'entre eux s'engouffrent dans la maison et les en font sortir de force pour rassembler tout le monde sur la place. Comme quand, serrée contre sa mère, elle les observe faire le tri et emmener les hommes, dont son père et son frère qui fait plus vieux que son âge. Comme lorsqu'elle voit sa mère s'accrocher à l'un d'eux en suppliant en q'eqchi' et recevoir un coup de crosse à la tête. Comme lorsqu'elle entend derrière l'école les coups de feu. Comme quand ils découvriront les cadavres après le départ des camions, disparus aussi vite qu'ils sont venus. Tout lui revient au creux du ventre qui se tord lorsque cette bâche se soulève pour dévoiler la stèle qui rappelle le souvenir des cent vingt-six victimes civiles du raid de l'armée, une nuit de mille neuf cent quatre-vingt-sept, vingt ans auparavant, la veille.

CHORTIZ

On doit partir de Nebaj avant huit heures, se dit Werner en contemplant les poutres du plafond qui font une tache sombre sur le plâtras écaillé, bras replié sous la tête pour pallier la faible épaisseur de l'oreiller. Pensées qui flottent dans le petit matin sombre et encore froid ; il le sent bien, à ce qui dépasse des couvertures, qu'il ne fait pas chaud pour l'instant mais dans quelques heures, ce sera une autre affaire. Petit hôtel tenu par un tout petit couple, enfin, tout petit selon les standards allemands mais tellement aimables. Et puis, ils ont accepté de nous garder nos sacs pendant les trois jours de la randonnée.

La chambre ? Elle a l'air de dater du siècle dernier, literie comprise. Et pourtant, il y a ce sentiment indéfinissable de bien-être malgré le confort sommaire, l'électricité défaillante et le fait de devoir utiliser la douche commune qui s'ouvre sur le patio. Les gens se croisent en petite tenue, le linge pend sur un fil parmi quelques plantes vertes qui n'ont pas la luxuriance de l'hôtel d'Antigua. Mais il faut dire qu'on est en altitude ici, se dit Werner. Et nous monterons encore plus haut ce matin.

Il se souvient de leur étape de la veille : le départ, bien trop tard à son goût, du terminal d'autobus d'Antigua, la longue route pour arriver à cette petite ville perdue des Cuchumatanes. Quand il était monté dans le vieux bus bringuebalant, il ne s'était guère étonné ; tous les bus bringuebalent au Guatemala. Mais quand ils avaient quitté la route asphaltée pour emprunter un simple chemin terrassé, il avait été un peu surpris. Surpris de l'état de la route, surpris du trafic aussi. Des images de crues en saison des pluies lui étaient venues en tête. Comment faisaient tous ces gens pendant quatre mois de l'année ? Impossible d'imaginer qu'au bout de ce chemin en cul-de-sac qui s'élançait à l'assaut des montagnes, il puisse y avoir quelque chose d'autre qu'un simple village.

Le trajet avait duré plus de deux heures. De tournant en tournant, la route se dévoilait, les Cuchumatenes aussi, sommet après sommet. Et puis, de manière surréaliste, quelques centaines de mètres avant d'entrer dans les faubourgs (car, oui, Nebaj était une ville assez grande pour avoir un centre et des faubourgs), l'asphalte avait réapparu, pas en très bon état mais de l'asphalte quand même. L'habituel plan en damier des villes coloniales s'était mis en place : rues coupées à angles droits, maisons tournées vers l'intérieur avec leurs grandes portes de bois à deux battants et volets aux quelques rares fenêtres qui s'ouvraient sur la rue.

Comme partout, la vie tournait autour du patio, plus ou moins bien aménagé selon l'état de richesse et le goût des habitants ; simple parking (puisqu'il n'était pas conseillé de laisser une voiture dehors la nuit), lieu de vie et parfois de repos mais peu de hamacs ici ; la température ne s'y prêtait pas vraiment. Oui, pour la première fois, il avait l'impression d'être revenu en Europe pour ce qui concernait le climat : un ciel souvent gris, des changements précipités comme dans toute montagne et une température jamais vraiment tropicale même si parfois agréable.

Il se décida à quitter la chaleur confortable du lit en réalisant qu'il était déjà six heures, secoua Kurt qui dormait dans le lit à côté puis fila vers la douche. Au moins, elle était chaude, se dit-il en contemplant le béton vert tout craquelé. Il n'en fallait pas plus finalement, pensa-t-il en reprenant les vêtements entassés sur le petit banc de bois, seul meuble de l'endroit. Il retraversa le patio, laissant la place à un négociant guatémaltèque encore mal réveillé ; normal, si c'était lui qui était arrivé au milieu de la nuit et avait demandé que l'on ouvre les vantaux du portail pour permettre à son pick-up d'entrer.

Werner retraversa la cour, sa serviette à la main et inspecta les véhicules garés ; curieux, se dit-il comme les Guatémaltèques, totalement indifférents à la propreté publique, étaient par contre fanatiquement attachés à la propreté de leur voiture ! Ce pick-up, par exemple, s'étonna Werner, maintenant devant la porte de la chambre, il avait beau être vieux, usé, fatigué des amortisseurs... Eh bien, il était rutilant ! À se demander comment son propriétaire avait fait puisqu'il avait dû emprunter de nuit la même route poussiéreuse qu'eux ! Il posa la question au petit veilleur de nuit qui balayait la cour. Celui-ci lui sourit de toutes ses dents, pour bien montrer une couronne en or, puis répondit avec un clin d'œil que le senor en question lui avait demandé de s'en occuper à la première heure du matin contre dix Quetzals ; une bonne nuit pour lui, qui doublait ainsi son salaire. Et voilà, conclut Werner, complètement accros à leur voiture ! À ne pas supporter que celle-ci soit poussiéreuse, ne fût-ce qu'un jour alors que, dès qu'il la ressortira, ce sera pour la salir, inéluctablement. Werner rentra dans la chambre pour vérifier que Kurt avait au moins émergé : voyager à deux, c'était utile pour partager le prix d'une chambre mais que ça pouvait être irritant ! Pourtant, ce matin, une bonne surprise l'attendait : Kurt s'habillait déjà.

Dix minutes plus tard, les deux garçons sortirent de l'hôtel et se dirigèrent vers le marché. Ils y trouvèrent un petit vendeur de rue qui leur fournirait leur source de vitamines de la journée : un jus d'orange pressé devant eux grâce à un immense presse-fruits juché sur un chariot à roulette. Équipé le gars, murmura Kurt à l'oreille de Werner. En effet, le petit homme avait même une bassine d'eau pour laver les verres que lui rendaient les clients après avoir bu. Kurt, comme toujours, demanda d'une voix anxieuse :

— Tu crois que c'est bien raisonnable de partager ces verres mal lavés dans une eau d'on ne sait où ?

Werner le regarda flegmatiquement :

— Tu sais, si on doit être malade, autant le savoir tout de suite, non ?

Ensuite, ils firent le petit-déjeuner le plus copieux possible avant de rentrer à l'hôtel. Ils remercièrent encore le propriétaire de leur garder leurs sacs, les déposèrent dans son bureau, le saluèrent, et se mirent en route d'un bon pas. Les rues défoncées et les petites maisons en blocs firent bientôt place à des champs, des maisons traditionnelles en briques de terre et toiture de tuiles. Puis, ce fut le début de la montée dans les bois, le premier col, la descente de l'autre côté et toujours ce plaisir de marcher à grandes enjambées sur un sentier enfin désert. Pourquoi avoir voulu venir ici ? se demanda Werner. Évidemment, c'était beaucoup moins touristique. Ce serait donc mieux. Mais mieux en quoi ? Ou plus difficile ? Difficile, par exemple, de savoir quelle attitude tenir ; entre curiosité et voyeurisme, la frontière était si ténue... Il se demanda ce que les gens qu'ils croisaient pouvaient bien penser d'eux. Évidemment, ils faisaient tache ; leurs vingt centimètres de plus, les cheveux longs de Kurt et les siens, blonds... Allemands, tout simplement.

Ça le faisait souvent rager d'avoir une apparence si stéréotypée mais c'était parfois utile, se dit-il avec un sourire en repensant à la soirée à Antigua et au groupe de filles fêtant leur dernier jour de cours. Finalement, quel était le sens de ce voyage ? se demanda-t-il tout en continuant de marcher à longues enjambées : ramener à Mutti et à la petite sœur des écharpes multicolores, était-ce tout ce qu'il voulait en retirer ? Et Kurt, pourquoi avait-il accepté de venir alors que pour lui, les vacances idéales, c'était Ibiza, un de ces hôtels à jeunes anglais où l'on passe son temps à boire, se gerber dessus, danser et recommencer dès qu'on se réveille ? Il ne savait plus trop quoi penser de son ex-meilleur ami d'enfance.

Le paysage changeait ; la zone forestière laissait maintenant la place à des pâturages plus ouverts, des prés où affleuraient les blocs de calcaire, saupoudrés de quelques vaches puissantes et calmes. En fait, se dit Werner, on est de retour dans le canton de Vaud ! Mais non, il y avait malgré tout des détails qui ne trompaient pas : la petite église sur la place du village était peinte de couleurs trop voyantes pour être suisse ; un beau bleu et un ocre profond soulignant la blancheur des murs, l'inévitable chien du village était trop famélique pour être suisse et les maisons, quoique propres et assez récentes, n'étaient pas assez prospères pour être suisses.

Ils recommencèrent à grimper en quittant le chemin principal. L'itinéraire déniché sur internet se révélait précis. Leur but était d'atteindre le sommet du plateau qui se dressait maintenant comme un gigantesque bouclier aux parois abruptes bouchant l'horizon. Ce serait une belle dénivelée, se dit Werner en examinant une nouvelle fois la carte d'état-major : mille mètres en moins de trois heures. Werner avait trouvé son rythme maintenant. Il se sentait bien, hypnotisé par le mouvement régulier de ses pieds qui ne semblaient même plus lui appartenir. Le silence aussi, ça faisait du bien. Le paysage défilait mais lui avait l'impression d'être presque immobile ; un vallon, encore un village autour d'une église encore plus petite que la première, un morceau de bonne route sur plusieurs kilomètres puis, oui, c'était là qu'il fallait bifurquer à gauche et monter à travers prés.

Deux petites filles aux longues tresses noires qui leur pendaient dans le dos et à la jupe rouge traditionnelle les précédaient sur le sentier. Toutes deux portaient sur la tête un paquet emmailloté d'un linge. Ils les rejoignirent quand elles firent halte à une barrière. Kurt leur souhaita le bonjour et leur demanda dans un espagnol hésitant si c'était là le bon chemin pour Xexocom. Elles répondirent que oui, que c'était là où elles habitaient, qu'elles remontaient au village après une visite chez leur tante qui habitait, elle, Acul. Werner chercha sa gourde dans son sac et but une gorgée. Il la présenta à Kurt puis, gêné de paraître égoïste, aux deux gamines.

Kurt restait maintenant silencieux à ses côtés pendant que Werner papotait avec les enfants, de leur tante, du village, de leurs boucles d'oreilles qu'elles lui montrèrent avec fierté. Kurt commença à s'agiter. Werner, sentant l'impatience de son ami, proposa aux fillettes de faire le reste du chemin ensemble. Elles les mèneraient chez leur père puisque c'était lui le responsable du gîte de la communauté. Elles acceptèrent avec un sourire et continuèrent à papoter avec lui en chemin malgré l'inclinaison de la pente qui faisait souffler et suer les deux jeunes allemands.

Ils atteignirent leur but vers treize heures : Xexocom, un hameau d'une vingtaine de maisons en planches éparpillées sur le flanc de la mesa. Les deux petites les amenèrent à une maison où, sur la terrasse de terre de battue, une femme était en train de faire la lessive à la main dans un bac de pierre. Le père était absent et ne rentrerait pas tout de suite, expliqua-t-elle aux petites en ixil ; celles-ci traduisirent en espagnol. Werner demanda s'il serait possible de manger quelque chose. La mère répondit affirmativement par un signe de la tête et les invita d'un geste de la main à s'asseoir à la table en bois. Ils attendirent quelques minutes en silence. Les gamines avaient disparu derrière la maison. La mère revint avec une sorte de soupe aux légumes et les inévitables tortillas. Les deux garçons mangèrent en silence, rapidement. Ils s'entendirent par signes avec la mère sur la somme qu'ils lui devaient, payèrent et se levèrent. Que faire d'autre lorsque même leur espagnol limité n'était plus d'aucune utilité ?

Ils reprirent le sentier, encore plus raide maintenant, dont les boucles serrées s'accrochaient aux flancs de la montagne. Les conifères denses et les agaves à larges feuilles dentelées se firent plus rares dans la dernière montée. Ils arrivèrent subitement au bord de la mesa ; un paysage désertique et lunaire, fait de sable, d'herbes maigres et d'îlots de grandes formes rocheuses fantasques émergeant du sol, s'étendait devant eux. Ils reprirent leur souffle et se firent plus prudents sur la suite du chemin comme celui-ci s'effaçait parfois dans la terre sableuse.

De temps en temps, au moment où leurs hésitations les faisaient ralentir au point de s'arrêter, une flèche en bois les rassurait sur la bonne direction : Chortiz. Ils n'étaient plus si loin. Le ciel bleu pendant toute la montée s'était maintenant couvert. De grands nuages gris foncé s'enroulaient les uns aux autres. Un vent froid se leva. L'impression d'avoir basculé dans un autre monde les gagna. Ils continuèrent de marcher dans un étonnement silencieux. Ils finirent par arriver aux premiers signes de présence d'un village : un terrain de football rudimentaire et un petit cimetière aux croix de bois penchées par le vent. Puis, ce furent quelques cabanes et un groupe de trois petits bâtiments à moitié en blocs de béton, à moitié en planches, avec des toilettes à l'extérieur : le dispensaire et l'école. Des garçons jouaient devant. Ils leur demandèrent où trouver le responsable de la communauté.

L'un d'eux, un gamin agile et vif, leur proposa de les guider. Ils discutèrent avec lui en chemin. Il les amusait à leur demander le mot anglais pour chaque chose qu'ils croisaient au passage : une maison, un chien, la pluie qui se mit à tomber. Quand Werner lui demanda pourquoi toutes ces questions, l'adolescent lui répondit sérieusement qu'il ne resterait certainement pas là, qu'il voulait partir aux États-Unis, lui. Ils arrivèrent enfin devant une maison assez grande, partagée entre deux familles, comme toutes les autres maisons du village. Une citerne de plastique noir se trouvait à côté de la porte et un tuyau y menait les eaux de pluie dégoulinant du toit. Ils entrèrent dans la cabane au sol de terre battue.

Le temps de s'acclimater à l'obscurité, Werner dénombra quatre puis cinq et finalement six enfants autour d'eux, plus le bébé dans les bras d'une gamine qui ne devait pas avoir plus de neuf ans. La mère leur fit signe de s'asseoir et commença à parler en ixil avec le gamin qui les avait amenés. Werner demanda si c'était bien là la maison de Don Icop et se rendit compte qu'elle ne parlait pas espagnol. Le silence se faisait de plus en plus gênant quand entra un homme, petit, large d'épaules, qui les salua en espagnol avec un grand sourire dévoilant une incisive ornée d'une inclusion en or. Il leur confirma qu'ils pourraient, en effet, dormir dans la maison communautaire à côté de l'école et souper chez lui.

Une fois en possession de cette fameuse maison communautaire, une simple pièce au sol de béton et aux murs de planches mais dont les deux lits étaient amplement pourvus de couvertures, ils se demandèrent que faire jusqu'au repas. Se balader dans le village, c'était attirer les regards et les jappements des chiens ; ils s'en lassèrent vite. Jouer au foot avec quelques gamins qui traînaient devant l'école leur permit de passer le reste de la journée. Ils retournèrent chez Don Icop. Autour du petit foyer, la masse sombre des corps éclairée d'une constellation de petits visages avait encore grossi. Werner, se demandant combien il pouvait bien y en avoir au total, s'enhardit et posa la question à leur hôte. Celui-ci répondit avec fierté qu'ils avaient eu onze enfants, dont neuf vivants. Cela lui sembla une explication suffisante au corps courbé et au visage harassé de la mère s'affairant autour d'une soupe aux œufs. Ils mangèrent sans dire mot et repartirent après avoir avalé leur dernière gorgée de soupe, oppressés par le silence.

Tout dans ce village leur semblait menaçant ; les nuages noirs roulant au-dessus de leurs têtes, les aboiements des chiens qui venaient à leur rencontre, les regards fuyants des quelques femmes qu'ils croisèrent. Ils rentrèrent dans leur chambre, frissonnants et choisirent chacun un lit. Les couvertures étaient les bienvenues avec le vent glacial qui s'engouffrait par les interstices entre les planches mal jointes. Submergés par l'atmosphère de Chortiz, ils s'endormirent rapidement.

Le lendemain, le guide, prévu la veille avec Don Icop pour les mener à l'autre bord du plateau labyrinthique, les attendait déjà devant la maison communautaire lorsque Werner ouvrit la porte de celle-ci. Il le salua et se sentit tout de suite de la sympathie pour ce tout petit vieux, recourbé, aux cheveux blancs mais les yeux brillants de vie. Il alla secouer Kurt et ils se mirent le plus rapidement possible en route, sans déjeuner. Ils se retrouvèrent de nouveau à naviguer entre des formes de calcaire fantasques, déchiquetées. Le temps avait changé.

Le vent avait tourné pendant la nuit et les nuages avaient fait place à un grand ciel bleu. Malgré tout, il faisait encore un froid piquant. Leur guide était prolixe et répondait volontiers aux questions tout en n'oubliant pas de trottiner à un rythme rapide. Oui, ils vivaient dans un endroit reculé. D'ailleurs lui, ses propres champs de maïs étaient bien plus bas dans la montagne, à au moins quatre heures de marche. Il n'y avait guère que quelques chèvres qui pouvaient subsister sur le plateau. Mais c'était comme ça. Il ne fallait pas se plaindre. Ils avaient déjà la chance d'avoir pu revenir à Chortiz après les déplacements de population des années quatre-vingt quand l'armée voulait qu'ils descendent tous dans la vallée, dans la vallée où les militaires pouvaient mieux les contrôler mais où il n'y avait pas de place pour eux. Ils étaient revenus dès qu'ils avaient pu. Et cela n'avait pas été sans peine. Il y avait eu beaucoup de contestations sur les titres de propriété au retour. Qui était encore propriétaire de quoi ? Qui avait vraiment disparu ? Qui revenait alors qu'on le croyait mort ? Cela avait posé des problèmes, oui. Ils n'avaient pas trop à se plaindre pourtant. Il y avait une école maintenant, le dispensaire, même si celui-ci n'était ouvert que deux matins par semaine par un infirmier itinérant. Werner lui demanda alors comment ils faisaient lorsque quelqu'un était malade, sans route pour descendre dans la vallée. La réponse fusa comme une évidence :

— Comment on fait ? On reste ici. Il y a le cimetière. On y va directement, sans redescendre dans la vallée.

GUATEMALA LA CIUDAD

Il fait beau, constata le colonel en se réveillant. Pourquoi ne pas partir un jour plus tôt pour le lac d'Atitlán ? De toute manière, maintenant qu'il était à la retraite, un jour plus tôt, un jour plus tard, est-ce que cela importait ? Il se retourna dans le lit, écoutant le bruit des cisailles du jardinier, examinant le rayon de soleil qui s'immisçait entre les tentures pas tout à fait bien tirées. Oui, un beau soleil, une belle journée, même pas encore ce brouillard de chaleur et de pollution qui avait trop tendance à stagner sur la ville. Ça, ce serait pour plus tard, en matinée. Mais là, il faisait beau et il avait envie de bouger. Frederica accepterait-elle de venir avec lui ? Il ne comprenait pas pourquoi, mais sa fille avait toujours l'art de se compliquer les choses et de trouver une excuse pour ne pas l'accompagner : une remise des prix à l'école de la plus petite, le voyage scolaire à préparer pour la plus grande, une réunion de parents d'élèves... Tout ça pour faire croire qu'être mère était un boulot alors qu'elle avait une fille au pair en plus des deux servantes. Ou alors, elle lui dirait avec embarras qu'elle avait prévu de manger avec Nico à son université et c'est lui qui serait bien obligé de détourner la conversation.

Ah, la famille ! À se demander pourquoi en faire une valeur quand on voyait les déceptions que celle-ci vous apportait. Sa femme s'était comportée en bonne épouse, restant à sa place, effacée, morte tout aussi discrètement qu'elle avait vécu... et incapable de lui donner un fils, seulement cette fille qu'il avait bien fallu un jour donner à un autre pour qu'elle lui fasse des petits-enfants et qui maintenant ne trouvait plus une minute à lui consacrer sous prétexte de ceux-ci. Si elle l'avait négligé pour son mari, il aurait encore compris mais Hector Paz est de ces hommes d'affaires qui passent leur vie entre le bureau, le terrain de golf et le lit de leur secrétaire... sauf pour, de temps en temps, faire quelques enfants à leur femme. Et que lui apportaient ses petits-enfants ? se demanda amèrement le colonel. Des désillusions ! D'abord, deux d'entre eux étaient des filles. Et le premier, le seul qui comptait vraiment, Nico, celui à qui il voulait pouvoir tout transmettre, il ne le voyait plus depuis deux ans. Une bouffée de rage le jeta hors du lit à l'idée de ce gâchis. Il se dirigea vers la douche et procéda à sa toilette, avec ordre, minutieusement.

Oui, il irait à Santiago Atitlán aujourd'hui, sans Frederica s'il le fallait, se dit-il en prenant son café sur la terrasse. Même si ça le laissait à la merci de la gardienne qui ne savait pas tenir sa langue. Quand sa fille l'accompagnait, c'était Frederica que celle-ci attirait dans la cuisine pour lui parler de tout ce qui n'allait pas, depuis la dernière fuite d'eau jusqu'à ses problèmes de dos, et lui demander l'argent nécessaire pour entretenir la maison (toujours trop), une des rares occasions où sa fille lui était utile. Pendant ce temps, il pouvait profiter du jardin en silence, allongé sur une chaise longue placée sur la terrasse bien balayée du matin. Il oubliait les voix lointaines des femmes et contemplait avec satisfaction les massifs taillés comme il faut, la pelouse bien entretenue qui menait à la rive du lac turquoise, le petit embarcadère proprement peint en blanc, le petit bateau qui y était amarré et le volcan qui s'élevait dans une brume de chaleur de l'autre côté du lac. Il se sentait alors en paix, dans une existence ordonnée comme il le souhaitait. N'y avait-il pas droit d'ailleurs ? Après toutes ces années passées sur le terrain, sans répit ? Au fond, il devait s'avouer qu'il n'était pas mécontent que le nouveau gouvernement, un gouvernement de mous, l'ait mis à la retraite. Ce qui l'avait ulcéré, en fait, c'était la manière.

Terminant son petit-déjeuner, apporté en silence par Maria avec le journal du matin, il continua à songer à cette mise à la retraite. Les temps changeaient. Ça, il s'en rendait bien compte. Moins d'invitations des vieux amis. Moins de déférence aussi. Et puis, quand il lisait la presse, maintenant, c'est à peine s'il pouvait en croire ses yeux ; l'armée en renfort face aux inondations, l'armée citoyenne, l'armée prenant ses responsabilités. Quel bla-bla ! Il replia soigneusement le *Siglo Veinti-Uno*. Même les États-Unis les lâchaient depuis qu'ils avaient leur traité de libre-échange. La seule chose qui pouvait encore les intéresser ou susciter un soutien logistique, c'était la lutte contre la drogue. La drogue, lui, il s'en foutait, le colonel. Il n'avait jamais vraiment cherché à trop en savoir là-dessus ; tant que ce n'était pas un moyen pour les autres de s'acheter des armes, elle lui était indifférente, la drogue. Les Honduriens d'ailleurs, en général, souhaitaient simplement passer sans faire de vagues. Et certaines fois, il s'en était lui-même trouvé bien.

La retraite avait du bon, se dit-il en contemplant le jardin avec satisfaction. Maintenant, tout ce qu'il voulait, c'était savourer les années à venir. En profiter. Peut-être faire un tour en Europe ? Il ne tenait pas trop à aller aux États-Unis. Pas envie d'être connoté comme un de ces émigrants illégaux par des gens pour qui un hispanophone était nécessairement un indien pauvre, un illégal venant leur détruire leur système de santé. Il avait envie de calme, de luxe, de beauté. Retourner en Espagne, comme au temps de sa jeunesse, lorsqu'il avait approfondi sa formation à l'académie militaire ? Elle devait avoir bien changé l'Espagne depuis. Encore une source probable de désillusions. Peut-être comme un simple point d'entrée vers le continent, alors ? Pourquoi pas la France, la Suisse et puis l'Italie ? Un vrai grand tour. Un peu tard dans sa vie mais pourquoi pas ? Si seulement Nico avait été du bon côté ; il l'aurait emmené avec joie. Son expérience à lui, l'enthousiasme de son petit-fils : un moment idéal à l'abri des bonnes femmes de la famille. Mais non, il ne fallait pas rêver, ce ne serait pas de culture classique que Nico aurait soif mais de ces trucs de dégénérés, installations d'art moderne comprises.

Le colonel déposa le journal qu'il tenait en main, contempla le jardin aux allées bien nettes, et sirota sa deuxième tasse de café. C'est ce moment-là que choisit son téléphone portable pour sonner d'une manière qu'il trouva particulièrement agaçante ; ne pouvait-on le laisser un peu en paix ? Il constata que c'était le numéro de Frederica ; étonnant, à cette heure-ci, elle était occupée à amener les filles à l'école. Pourtant, il lui avait tant répété qu'un chauffeur, c'était fait pour ça. Mais non, elle semblait considérer comme nécessaire de les accompagner, de veiller personnellement à ce qu'elles aient les cours et l'équipement du jour. Comme elle semblait trouver nécessaire cette démonstration de sentimentalité toute féminine à la porte de leur établissement pour jeunes filles. Comme si, à chaque fois, c'était une séparation définitive, ultime. Épanchement qu'il trouvait, lui, particulièrement répugnant puisque, ses filles, elle les reverrait quelques heures plus tard. Enfin, se dit-il, elle va peut-être venir avec moi à Atitlán.

Il décrocha et s'attendit à entendre la voix légèrement irritante de douceur de sa fille mais ce fut celle d'un homme totalement inconnu qui lui demanda si c'était bien au père de la Señora Paz qu'il avait l'honneur de parler. Le cœur du colonel se serra à la première pensée qui lui vint à l'esprit : ça y est, une demande de rançon, elle s'est fait enlever sur le chemin de l'école, peut-être à l'aller avec les filles. Il répondit d'une voix qu'il voulut la plus indifférente possible que oui, c'était bien lui et demanda d'une voix glaciale qui était son correspondant. Un officier de police se présenta, la voix de plus en plus mal à l'aise.

Mauvais signe, ça, pensa le colonel : elle n'était donc plus en état de l'appeler ? Blessée ?

Il se rendit compte que le lieutenant Hernandez ne saurait jamais vider son sac d'une manière simple et directe. Le comble pour un policier d'être affecté d'une telle sensibilité ! Il lui posa les questions nécessaires, froidement, méthodiquement. Frederica avait bien déposé les filles à l'institution Santa Maria de la Guadelupe, comme chaque matin, puis était rentrée chez elle. Deux hommes avaient profité de son arrêt devant le portail en train de s'ouvrir pour la sortir de sa voiture, lui arracher son sac et l'abattre de deux coups de feu. Tout cela avant que les deux jardiniers des Paz ou les vigiles du condominium arrivent sur place, évidemment.

Évidemment, se dit le colonel, ils ne seraient jamais assez sots pour arriver au moment vraiment dangereux. La police avait déjà essayé de contacter son gendre mais celui-ci était parti jouer au golf avec un client. Tu parles ! se dit le colonel. Enfin, c'était à Hector Paz de se débrouiller, non ? Se débrouiller pour prévenir les gamines, d'abord : il se voyait mal, lui, le colonel, les attendre à la sortie de leur institution. Sa présence aurait suffi pour qu'elles comprennent. Et puis, franchement, qu'aurait-il pu leur dire ? Ce serait un moment particulièrement pénible pour tout le monde. Non, il valait mieux que ce soit leur père qui s'en charge, ou leur frère. Il demanda au policier si celui-ci avait déjà contacté Nico. Non, il ne l'avait pas fait ; plus facile de trouver un « papa » dans un annuaire de portable que de démêler entre différents prénoms qui prévenir ou pas.

Le colonel lui donna le numéro de téléphone de son petit-fils qui, lui, saurait quoi faire pour ses sœurs. Il sentit un rien d'incrédulité dans la voix au bout du fil. Ne pensait-il pas que ce serait mieux que son petit-fils soit prévenu de l'horrible tragédie par son grand-père plutôt que par un policier qui lui était totalement étranger ? La voix du colonel se fit métallique. Non, il ne pensait pas. Il demanda à quel hôpital ou quelle morgue le corps de sa fille serait déposé, passa au travers des détails sordides relatifs à l'autopsie et à l'instruction puis raccrocha.

Il se rassit à la table du petit-déjeuner et prit conscience d'une présence derrière lui. C'était Maria qui lui avait apporté son troisième café du matin et était restée là, immobile, les mains croisées sur son petit tablier blanc à le regarder en silence. Le colonel lui ordonna de s'éloigner d'un geste de la main et se concentra sur le plus important. Devait-il contacter son avocat ? Ou bien s'en remettrait-il à Hector Paz pour tous ces détails ? Il espérait au moins que celui-ci se chargerait des questions relatives à l'inhumation. Mais oui, il valait mieux que son avocat soit au courant. Ne fût-ce que pour préparer un communiqué de presse de la famille éplorée qui stigmatiserait le chaos et la violence dans lequel le gouvernement actuel laissait sombrer le pays et son incapacité à protéger les honnêtes citoyens. Quelque chose comme ça. Maître Lopez ferait ça très bien. Le colonel, toujours assis sur la terrasse, sirotant son café les yeux dans le vague, jura. Il venait de prendre conscience qu'il ne pouvait maintenant plus décemment partir pour Atitlán. Au moins jusqu'aux funérailles.

Celles-ci eurent lieu le samedi suivant. Ils se retrouvèrent tous à l'église, se glissant l'un après l'autre sur le banc qui leur était réservé, le colonel en premier. Hector Paz le suivit, correct dans son costume sombre, déjà bouffi par la quarantaine et les trop nombreux repas d'affaires. Ses deux petites-filles, habillées pareilles malgré leurs deux années d'écart, semblaient complètement perdues. Puis Nico était arrivé, le dernier. Évidemment, pensa le colonel avec irritation ; aucun respect pour rien. Enfin, il avait au moins fait l'effort de s'habiller de manière adéquate, se dit-il avec soulagement. Le banc de la famille était maintenant complet. Ils devaient encore attendre l'un ou l'autre retardataire, un officiel qui se faisait attendre. Enfin, le représentant du ministre de la Justice arriva, tout rond et suant. On pouvait commencer. L'homélie fut comme toutes les homélies, convenue ; l'éloge comme tous les éloges, hypocrite. En tout cas, c'était l'avis du colonel. Et il lui faudrait encore tenir le coup de la réception d'après, soupira-t-il avec exaspération. Enfin, ça lui permettrait peut-être de régler en direct quelques affaires, comme les détails de la succession de Frederica avec Hector Paz. Peut-être même de parler à Nico. Qui sait, l'émotion...

L'émotion, le colonel ne la sentait pas très palpable dans la salle anonyme du grand hôtel réservée à leur usage, entre les invités trop bien habillés pour pouvoir se laisser aller à de quelconques marques de douleurs et le personnel de service indifférent à tout sauf à leur plateau. Dès son entrée, le colonel s'était fait harponner par le fonctionnaire de la justice qui s'excusa d'un ton larmoyant de son retard. Ce n'était plus une vie. On lui demandait maintenant des choses impossibles. Cette inauguration de ce matin en province, par exemple. Mais qu'est-ce qu'il avait à en faire, lui, de cette stèle ? Le pire, en plus, c'était de devoir préparer un discours et avoir l'air d'y croire lorsqu'il le récitait, continua le représentant du ministre d'une voix plaintive.

Le colonel prit conscience d'un regard fixé sur eux. Il passa la salle en revue et s'aperçut que c'était Nico. Nico, appuyé à une fausse colonne dorique dans le coin le moins éclairé, seul. Nico qui les regardait de loin. Le colonel se demanda si son petit-fils se déciderait à venir lui parler. Il le vit faire un pas, hésiter, se tourner à moitié puis revenir vers eux. À ce moment, le colonel n'eut plus qu'une seule envie, que cet horripilant fonctionnaire le laisse enfin tranquille avec son récit de mission officielle dont il n'avait que faire. Qu'il le laisse tranquille pour enfin savourer son triomphe de voir son petit-fils s'approcher de lui, rendre les armes et reconnaître sa présence. S'excuser gauchement même ? Non, il ne fallait pas en demander trop à la jeune génération, se dit le colonel avec indulgence. Il saurait faire preuve de magnanimité.

Mais non, une fois arrivé auprès d'eux, Nico ne lui adressa pas la parole, sembla se désintéresser de lui et se tourna vers le représentant du ministre pour lui demander :

— N'étiez-vous pas à San Luis ce matin ? Il me semblait avoir vu hier un article dans la presse à ce sujet.

L'énervant personnage recommença ses lamentations sur l'obligation d'aller dans ce village perdu inaugurer une stèle commémorative et reconnaître la responsabilité du gouvernement pour les faits commis par l'armée lors des troubles. La voix larmoyante du petit fonctionnaire fit une pause, enfin, et Nico profita du moment de silence pour lui demander :

— Cela pourrait être pire, non ? Vous auriez pu être présent à San Luis ce soir-là. Donner des ordres. Surveiller votre opération. Qui sait ? ajouta-t-il en regardant le colonel droit dans les yeux, vous pourriez même avoir des remords depuis.

Un long moment de silence suivit où le colonel et le fonctionnaire le regardèrent sans aucune expression.

— Ou peut-être rien du tout, conclut le jeune homme avec rage, si vous étiez capable de ne pas vous en souvenir.

Le colonel vit Nico se détourner et sortir de la salle. Il profita du silence interdit du représentant du ministre pour se diriger vers Maître Lopez et le féliciter de son communiqué. Cela fait, se dit-il avec satisfaction, il pourrait enfin partir pour Atitlán.

HONDURAS

GRACIAS

PAS DE TEMPS À PERDRE, se dit Selvin en refermant la lourde porte métallique sur la cour des *Apartamentos Monroy Murillo* où il partageait une chambre minuscule avec son cousin. Il pressa le pas, se dirigea vers le bas de la rue et le funérarium. Il allait être en retard, se dit-il avec angoisse. Et ça, ça ne pardonne pas avec le vieil Eusebio. Il allait le virer, c'était sûr. Selvin arriva bientôt devant la porte au-dessus de laquelle s'étalaient en grandes lettres jaunes écaillées les mots « *Funerales Nueva Esperanza* ». Il entra ct, comme il s'y attendait, le vieil Eusebio aussi, décrépit que sa boutique, lui aboya l'ordre d'aller enfiler son costume le plus rapidement possible. Il se demanda la rage au ventre combien de temps il tiendrait encore dans ces conditions-là.

Pourtant, il n'avait pas le choix ; c'était ça ou... rien d'autre. Il n'y avait rien dans ce trou perdu ! Pas de touristes, ou si peu ; seulement quelques acharnés qui voulaient faire le parc national, du genre qui ne dépensaient pas beaucoup d'argent et qui ne cherchaient pas de guides. Trois restaurants et deux hôtels qui n'embauchaient pas, c'était tout Gracias. Pas de travail, pas d'opportunités. Rien. Et puis, d'un ennui aussi ! Rien à faire d'autre le soir que de traîner un peu sur le Parque central. Il n'y avait que les répétitions de son groupe de rock dans la salle des fêtes de l'église baptiste, le mardi soir, pour briser la monotonie des longues semaines. À part ça, rien. C'était à mourir d'ennui, se dit Selvin en enfilant la veste puis en nouant à la hâte la cravate noire.

Il retourna dans la salle principale avec l'expression morne, vide, qu'il pensait de circonstance. Une expression qui correspondait bien à son ennui, en fait. Aujourd'hui, ce serait un enterrement à la Santa Serenissima. Il se rappelait la vieille ; une institutrice de l'école primaire à laquelle il avait échappé. Elle n'avait pas la réputation d'être complaisante, Mademoiselle Tunco. Elle avait toujours été vieille dans son souvenir, Mademoiselle Tunco. Maintenant, c'était pire ; le dégoût lui montait à la gorge à contempler le corps recroquevillé, fripé, desséché qu'ils avaient placé sans difficulté dans le cercueil. Il fut soulagé lorsque le vieux lui demanda de l'aider à fixer le couvercle. Elle n'avait pas d'enfants, Mademoiselle Tunco, que des neveux et une nièce. C'était cette dernière qui s'était arrangée pour l'enterrement. Elle voulait quelque chose de simple ; une messe, un cercueil premier prix, un emplacement au cimetière et une croix, le modèle premier prix également. Il n'y aurait pas grand monde, se dit Selvin. Ce serait vite expédié.

Oui, ça avait été vite expédié, se dit Selvin une fois rentré au funérarium, suant et soufflant. C'était physique comme métier. On ne croyait pas comme ça. Toute vieille et desséchée qu'elle était, Mademoiselle Tunco, ça pesait son poids le cercueil. Il fallait bien dire aussi que le vieil Eusebio ne servait plus à grand-chose. Ce qui ne l'empêchait pas de maugréer à longueur de journée et de se plaindre des jeunes qui ne savent plus rien faire de leurs dix doigts.

Il devrait faire attention, le vieux, se dit Selvin en desserrant sa cravate puis en raccrochant soigneusement la veste noire au portemanteau. Un jour, lui, Selvin, il se tirerait et ce serait à ce moment-là que le vieux se rendrait compte qu'il n'avait plus qu'à mettre la clé sous le paillasson. En tout cas, se dit Selvin en contemplant le vieil homme affalé sur une chaise de l'arrière-boutique, il y avait une chose de sûre : il n'avait aucune envie de devenir comme lui, déjà embaumé par cette petite vie provinciale. Plutôt crever ! Il n'avait pas plus envie de retourner au village où le père avait tant de difficultés à nouer les deux bouts à tenter de vendre son café. Non, ce qu'il voulait, se dit le jeune homme en retournant dans la pièce de devant, c'était se tirer d'ici. Aller sur la côte ou dans les îles : là où il y avait des touristes américains prêts à dépenser beaucoup d'argent pour une semaine de plongée. Le calme était maintenant complet dans la salle sombre et triste. Seul le bruit de la respiration régulière du vieil Eusebio, qui s'était endormi dans la pièce du fond, venait troubler le silence. De nouveau, Selvin se sentit mal, oppressé par le silence. Il avait l'impression d'être mort avant l'heure dans ce travail. Quand il ne devait pas subir la compagnie du vieux - lui-même sur le départ - c'était celle des morts. Et celle-ci lui devenait insupportable. Qu'on ne lui parle plus jamais de la mort. Il était jeune, lui. Il voulait vivre. Vivre et profiter de la vie.

Avec un soupir de soulagement, Selvin referma derrière lui la porte de la boutique ; encore une journée finie, ne plus y penser jusqu'au lendemain matin, c'était tout ce qu'il voulait. Il n'avait pas envie de rentrer à l'appartement trop petit, trop sombre, trop puant. Que pourrait-il bien faire ? Surfer sur internet dans le cybercafé du Parque central ? Oui, pourquoi pas. Au moins ça lui changerait les idées. Il se dirigea vers la place, longea le commissariat de police, jeta un coup d'œil distrait aux petits vieux qui prenaient le frais sur les bancs du parc après une journée de chaleur. Des enfants jouaient au ballon. Selvin se demanda en poussant la porte du cybercafé sur quel site il surferait. Difficile, s'il n'avait pas l'ordinateur du fond, d'aller sur des pages de cul. Il rentra dans le magasin et, soulagé de sentir l'air conditionné lui souffler en plein dans le visage, chercha du regard une place libre. Et bien, non, il n'y en avait pas. Il lui faudrait attendre et espérer qu'une bonne se libère. Il s'assit près de la caisse. Dix longues minutes plus tard, une grande fille maigre de l'école secondaire, toujours en uniforme, demanda à imprimer le fichier auquel elle travaillait puis s'approcha de la caisse pour payer. Selvin lui demanda s'il pouvait prendre sa place. Occupée à relire son texte, elle répondit oui sans même lever les yeux.

Enfin, il avait une place mais là, c'était vraiment raté pour la discrétion : deux adolescentes à sa gauche en train de pouffer à regarder une conversation sur MSN et une mère de famille à sa droite. Il faudrait s'amuser sérieusement. Il alla d'abord vérifier sa messagerie : rien de sa correspondante canadienne. Elle se faisait de plus en plus rare, celle-là. Pourtant c'était elle qui l'avait contacté sur Facebook pour un échange de conversations. Il se demandait bien pourquoi une Canadienne apprenait l'espagnol alors qu'elle avait la chance, elle, de parler anglais. Elle n'avait pas besoin de s'ennuyer à étudier autre chose, non ? Mais sur la photo, elle avait semblé bien roulée. Il avait accepté. Et puis, si jamais il arrivait un jour à partir pour le Canada, ça lui ferait un point de chute.

Partir pour le Canada, c'était son rêve ultime. Il savait bien que cela n'arriverait jamais, qu'il était condamné à rester ici, à passer sa vie dans ce trou minable. Et puis, non ! Pourquoi n'aurait-il pas le droit d'y croire ? Et d'ailleurs, il allait regarder dès maintenant comment il pourrait se débrouiller, trouver une solution, une filière. Une heure plus tard, il abandonna l'ordinateur, découragé. Pas si facile que ça d'obtenir un visa, il lui faudrait trouver un emploi là-bas, avant même de partir, et trouver l'argent pour le billet d'avion. Impossible.

Il se demanda ce qu'il pourrait faire maintenant quand il aperçut Marco au coin de la deuxième rue et du Parque central, plongé dans une conversation animée avec deux inconnus qui l'empêchaient de s'en aller. Selvin se rapprocha du groupe, prêt à épauler Marco si quelque chose tournait mal. Mais non, la conversation était en train de se calmer. Peut-être serait-il possible de trouver un arrangement ? suggéra un des deux étrangers, un grand type maigre et nerveux.

— Oui peut-être, répondit Marco mal à l'aise.

Le deuxième homme ayant remarqué l'arrivée de Selvin, se tourna vers lui et demanda :

— Ça te dirait de gagner deux mille dollars ?

Selvin sentit son cœur battre à toute vitesse. Voilà que lui tombait du ciel la réponse à sa question de tout à l'heure : comment se payer ce billet ? C'était inespéré, providentiel. Il répondit sans hésiter que oui. Le grand maigre le regarda avec un sourire naissant.

— Discrètement, ajouta-t-il d'une voix légèrement menaçante. Oui, Selvin avait bien compris de quoi il s'agissait ; il n'était plus un enfant quand même, même s'il en avait encore l'apparence avec sa petite taille. Le grand maigre continua à le toiser.

— On lui donnerait le bon dieu sans confession à ce gamin !

— Tant que ça fait cet effet-là sur les douaniers, répondit le second.

— Quel âge as-tu ? reprit le grand maigre en s'adressant de nouveau à Selvin.

— Dix-sept ans.

— Parfait. Ça devrait te permettre d'échapper au plus gros des ennuis si jamais quelque chose foire. Pourquoi veux-tu cet argent ? continua-t-il, sans plus se soucier de Marco.

Marco, lui, essayait vainement de faire taire Selvin en tirant sur la manche de sa chemise. Celui-ci n'en tint pas compte et se mit à parler, parler du Canada et de son rêve d'atterrir un jour à Toronto, d'y trouver du travail, de s'installer là-bas.

— Le Canada, répéta après lui le grand maigre en souriant. Ça pourrait se faire. Il faudrait y penser car ce n'était pas ce qui était prévu à l'origine.

Il se retourna finalement vers Marco et lui dit :

— Ton ami me plaît. Il faut encore que nous réfléchissions à certains détails. On se reverra la semaine prochaine.

Marco parut soulagé de les voir s'en retourner vers leur voiture, un pick-up flambant neuf. Les deux garçons descendirent la deuxième rue où un vent annonciateur d'orage faisait se lever des tourbillons de poussière. Après un moment de silence, Marco demanda à Selvin :

— Est-ce que tu te rends compte de ce que tu fais ?

— Oui, répondit Selvin d'un air buté. Et puis, d'ailleurs, d'où les connais-tu ?

— C'était un jour où j'attendais le bus à la Hachedura. Ils sont descendus de leur pick-up, m'ont demandé le chemin pour Gracias. Comme s'ils ne le connaissaient pas ! Puis, ils ont commencé à me parler. Moi, je voulais qu'ils me lâchent avec leurs histoires. Mais c'est le genre de mecs que tu ne sais pas comment envoyer promener. D'après ce que je comprends, ils veulent quelqu'un de neuf, que les flics ne connaissent pas, pas encore, qui n'est pas dans un gang ; quelqu'un de bien, quoi. Et se faire embarquer là-dedans, crois-moi, c'est les ennuis assurés. Tu as envie de passer tes dix premières années au Canada en taule, peut-être ? Ça te fera quoi d'y être ?

— Il faut que je me tire, répondit Selvin. Je n'en peux plus de ce travail de mort avec un patron dont je me dis que je vais peut-être l'avoir comme prochain client. J'en ai marre de ces cadavres, de cette odeur, de cette atmosphère.

— Ça, je comprends. Mais il y a peut-être moyen d'y aller au Canada, autrement, normalement.

— Tu en connais un, de moyen, toi ? répondit Selvin. Si c'était le cas, tu y serais déjà, au Canada.

— On peut chercher, répondit Marco. Chercher et se tirer d'ici avant le retour de ces mecs. Ça nous permettrait de nous en débarrasser, en fait.

— Comme tu veux, répondit Selvin. Mais alors trouve-moi une solution avant la semaine prochaine. Sinon, je te jure que je leur dis oui.

— T'inquiète, je vais trouver. Je te le promets.

Selvin ne revit Marco que trois jours plus tard. Lui, il était retourné à la monotonie de son travail, rêvant à ce qu'il ferait une fois là-bas. Mais, à voir l'air excité de Marco quand celui-ci vint le chercher à l'heure de la fermeture, il se dit qu'enfin les choses allaient changer.

— J'ai peut-être quelque chose ! lança Marco.

— Quoi ?

— Il faudra aller à San Pedro Sula, dès demain.

— Pour quoi faire ?

— Ils recrutent pour le moment. Pour le Canada. J'ai lu ça dans le journal. Avec visa, et tout, et tout ! Pour deux ans. N'est-ce pas ce que tu voulais ?

— Et tu crois qu'on va nous prendre, répondit Selvin incrédule.

— Eh bien, hésita Marco, il faudrait d'abord bâtir chacun un CV correct, pour mettre le maximum de chances de notre côté. Et puis, aussi, il y a la question de l'âge. Il faut avoir vingt-et-un ans. On devra mentir, dire qu'on attend notre nouvelle carte d'identité, prendre celle de ton frère à la limite... Enfin, se débrouiller, quoi !

— Viens, on va direct au cybercafé pour le rédiger, ce CV, répondit Selvin en saisissant Marco par le bras.

Tous les deux partageaient maintenant la même excitation. Dans quelle ville est-ce qu'ils atterriraient ? Sauraient-ils seulement se débrouiller en anglais ? Et l'argent qu'ils gagneraient ! Et puis, ce serait enfin l'occasion de voir Sharon. Qui sait ce qui pourrait se passer ?

Selvin se redressa et essuya son front luisant de sueur. C'était physique comme métier. On ne croyait pas comme ça. Le contremaître était allé fumer sa cigarette dehors ; un moment de répit pour lui aussi, une pause dans les ordres incessants que ce petit canadien sec et ridé leur aboyait aux oreilles de manière incessante et qui croyait pouvoir tout leur faire avaler à eux, les Hondureños. Il en était à se demander si cela en valait vraiment la peine. Le froid pendant de longs mois, il l'avait envisagé, même si cela restait terriblement abstrait là-bas dans la chaleur étouffante de Gracias. Mais l'hostilité des gens qu'il croisait partout, dans la rue, au boulot, il n'avait jamais imaginé ça. Pourtant ce travail, s'il était là pour le faire, c'était parce qu'eux n'en voulaient pas, les Canadiens ! Mais l'important, c'était d'y être, au Canada. Et il allait y rester. Malgré tout. Malgré le froid. Malgré les

Canadiens. Malgré son anglais, toujours lamentable. Même s'il devait normalement repartir une fois son contrat fini, il se débrouillerait pour rester. Et puis, à la rentrée prochaine, Sharon s'inscrirait à l'université du Manitoba et ils se verraient enfin. Parce qu'il fallait bien dire que de ce côté-là, il n'avait pas trop de chance. Pour le moment, elle était à plus de cinq cents kilomètres et ils ne pouvaient toujours que se parler par MSN. Depuis qu'il était arrivé, leur relation, même virtuelle, était devenue beaucoup plus forte, plus intense. Il avait vraiment envie de la voir, surtout depuis la dernière photo qu'elle lui avait envoyée. Peut-être que si ça marchait bien entre eux, il arriverait à la convaincre de l'épouser : ce serait encore la manière la plus facile de rester. Il se sentit pris d'une ivresse puissante à se dire qu'il était là, vivant et qu'il ferait son trou.

Pas comme ce pauvre Marco, songea-t-il toujours immobile, perdu dans son rêve éveillé. Il n'avait pas eu de chance, lui. Il n'avait pas été sélectionné, même si c'était le plus âgé des deux. Et puis, se dit Selvin avec un peu de mépris, pourquoi s'était-il laissé embobiner par ces deux types ? Quel idiot ! Maintenant, Marco attendait son procès dans une prison de Los Angeles, un procès dont l'issue était déjà écrite d'avance ; une peine de prison puis le renvoi au pays, plus pauvre que lorsqu'il en était parti. L'horreur ultime. Même s'il ne voyait du Canada que la banlieue la plus glauque de Winnipeg, même si sa chambre était un garni minable, même s'il économisait moins que prévu, même si le vieil Howard était toujours sur son dos, lui, Selvin, tiendrait le coup et ne retournerait pas au Honduras. Ou alors, plus tard, bien plus tard, lorsqu'il serait riche, lui aussi. Comme un Canadien.

Il entendit dans son dos le pas rapide du vieil Howard, le contremaître qui revenait trop tôt de sa pause cigarette et se remit fébrilement à la tâche. La vue de tous ces cadavres qui l'entouraient l'écœurait. Les carcasses défilaient sans arrêt dans la chaîne de découpe. L'abattoir était immense, une vraie usine à mort dont l'odeur le poursuivait de jour comme de nuit. Il ne pourrait pas le supporter longtemps. Oh, mais si, se dit-il, il le supporterait aussi longtemps que nécessaire : il était là et c'était ça qui comptait.

SALVADOR

SONSONATE

CARMEN RELEVA SES cheveux un moment pour se donner un peu de fraîcheur. L'atmosphère dans le bus était étouffante. À côté d'elle se trouvait une femme énorme avec sur ses genoux, une petite fille de trois ou quatre ans qui la repoussait vers le couloir où son horizon était bouché par les bas et la jupe d'uniforme bien plissée de deux collégiennes. Elle se demanda combien de temps encore elle devrait subir cela avant d'arriver à Sonsonate. Elle n'avait plus l'habitude. Carmen était fatiguée. Levée à quatre heures du matin pour être à temps à l'aéroport, elle avait enchaîné, sans faire de pause à San Salvador, les longues heures d'avion et ce trajet en bus qui n'en finissait pas. Carmen tenta de se redresser sur son siège malgré le coude qui s'enfonçait dans ses côtes et sourit à l'enfant qui la fixait du regard. Elle commença à bavarder avec la mère, pour passer le temps.

Oui, elle revenait à Sonsonate pour Pâques. Elle voulait passer la Semaine Sainte avec sa famille qu'elle n'avait plus vue depuis treize ans. Son mari n'avait pas pu l'accompagner.

Il devait rester « là-bas », à Los Angeles, faire tourner la boutique tout seul durant son absence. Mais elle, elle avait craqué, elle en avait trop envie de revenir au pays. Elle voulait revoir son père qui se faisait vieux, sa mère qui avait des soucis de santé, et puis ses sœurs et tous les neveux et nièces qu'elle ne connaissait pas... Et puis, manger des tamales aussi. Voilà ce qui lui manquait aussi. On n'en trouvait pas d'aussi bons « là-bas ».

La dame l'écoutait avec attention, peut-être avec envie aussi, se dit Carmen. Gênée, elle changea de sujet et demanda quel âge avait la petite. La conversation continua, animée, superficielle, légèrement ennuyeuse. On arriva enfin à un terminal d'autobus tout neuf qui lui était totalement inconnu. Ils l'avaient déplacé à l'extérieur de la ville maintenant ? Ce n'était pas plus mal. Le bus vint se parquer dans un soupir bruyant des freins le long d'un des quais. Dans la bousculade, Carmen récupéra ses trois sacs et tenta de se frayer un chemin après un rapide au revoir à la mère de la petite. Elle s'évertua à ne rien perdre en chemin et atterrit sur le béton du terminal, désorientée, goûtant à la chaleur qui s'était abattue sur elle. Elle regarda de tous côtés, un peu perdue. Quelqu'un devait être venu pour l'accueillir, non ? Carmen reconnut enfin Merle ; Merle à même pas dix mètres, Merle qui regardait dans la direction opposée. Elle la héla. Merle tourna la tête et un grand sourire se fit jour sur sa figure. Elle se dirigea avec empressement vers Carmen, suivie d'un petit homme déjà bedonnant. Les deux sœurs s'embrassèrent.

— Il y a si longtemps que je ne t'avais pas vue. Tu as tellement changé ! s'exclama Merle. Je te présente mon mari, Ronaldo, continua-elle un peu plus calme.

Son beau-frère s'avança et lui souhaita la bienvenue au pays avec un sourire un peu contraint ; il allait l'aider avec ses bagages. Ils se dirigèrent vers une vieille Toyota cabossée et poussiéreuse. Le reste de la famille les attendait à la maison, expliqua Merle. Carmen s'assit à l'arrière et contempla les rues qui défilaient. Que de changements en quelques années. De grands centres commerciaux qui ne semblaient avoir rien à envier à « là-bas », des fast-foods, des panneaux publicitaires partout. Où était-elle ? Au Salvador ou dans leur quartier latino de Los Angeles ? Tout s'y retrouvait, y compris les bandes de jeunes qui ne lui donnaient pas bonne impression. Elle en fit d'ailleurs la remarque à Merle qui répondit dans un soupir plein de résignation que, oui, les choses s'étaient améliorées mais que la vie n'était pas toujours facile depuis que les bandes se faisaient de plus en plus présentes.

C'était d'ailleurs une des raisons pour laquelle elle aurait bien voulu que les parents viennent habiter chez eux ; un quartier récent, propre, sûr. La Colonia Santa Maria, le quartier de leur enfance, était devenue au fil du temps de plus en plus dangereuse, de plus en plus minable. Mais les parents ne voulaient pas en entendre parler ; ils étaient tous les deux obstinés comme des mules. Carmen jeta un coup d'œil rapide dans le rétroviseur et observa sans surprise le visage de son beau-frère se tordre dans un mélange de soulagement et d'exaspération aux paroles de Merle. Il devait être soulagé, oui, son beau-frère d'avoir des beaux-parents aussi obstinés.

Ils arrivèrent bientôt. Carmen regardait par la fenêtre. Elle ne reconnaissait plus rien, se sentait perdue, désorientée : tout semblait tellement sale, décrépi. Les vieilles boutiques connues avaient disparu : plus là, la pâtisserie de M. Sanchez. Où était donc passée la pharmacie du coin ? Rien ne ressemblait plus à son souvenir ensoleillé. Par contre, elle commença à comprendre Merle. Elle n'aimerait pas se promener la nuit par ici ; rien de précis mais un sentiment qui planait qu'il valait mieux ne pas trop traîner dans la rue.

Carmen émit un soupir de soulagement lorsqu'ils s'arrêtèrent devant la maison ; celle-ci au moins n'avait pas trop changé, plus vieille seulement. La façade aurait bien eu besoin d'un sacré coup de peinture. Merle ouvrit le portail métallique et ils pénétrèrent dans le patio. Là, oui, elle pouvait se croire vingt ans en arrière. Tout était toujours tenu de manière immaculée ; les plantes luxuriantes et bien soignées dans leurs grands pots de terre cuite, le petit salon donnant sur la cour, la terrasse sans une feuille morte... et au milieu, ses parents, dans leurs deux grands fauteuils. Comme ils avaient vieilli. En fait, ce n'était pas tellement ça qui la choquait le plus mais le fait qu'ils aient l'air d'avoir... rapetissé. Oui, c'était ça : ils s'étaient recroquevillés, comme des feuilles mortes qui donnaient l'impression de vouloir s'effriter au moindre contact. Elle comprenait maintenant que Merle se fasse du souci à les laisser seuls. Elle se précipita vers eux : vers sa mère d'abord, la serra dans ses bras avec précaution.

Après les premières minutes, les premières embrassades, elle tourna son attention vers les autres personnes présentes. Les deux adolescents, c'est sûr, elle ne les connaissait pas. D'ailleurs, se disait-elle, elle aurait parfaitement pu les croiser à Los Angeles. Rien ne distinguait ces deux-là des ados qui fréquentaient leur épicerie, « là-bas », téléphone portable compris. D'ailleurs, elle s'étonna qu'ils puissent se les payer. Ces deux gamins de treize et quinze ans, c'étaient les deux fils de Jaime, le cousin Jaime.

Et puis, il y avait encore sa belle-sœur, Luisa, qui l'accueillit avec un sourire pincé et gonflé de jalousie mais en ça, elle correspondait bien au souvenir que Carmen avait gardé du jour de son mariage ; une petite mariée grincheuse et mécontente de tout qui donnait l'impression de leur faire un immense honneur en entrant dans la famille. Luisa lui annonça avec componction que Juan arriverait plus tard, qu'il participait à la procession de la Vierge. Alors, là ! se dit Carmen, ça la sciait d'imaginer Juan, son petit frère Juan, toujours prêt à draguer et à sortir, dans une confrérie. Il devait avoir bien changé. En fait, ils avaient probablement tous changé, se dit-elle avec tristesse. Et elle aussi.

Était-ce pour ça qu'elle voulait se raccrocher à ses souvenirs, essayer de les raviver une dernière fois avant que sa vie aux États-Unis ne les efface complètement ? De tout ce qu'elle avait espéré de ce voyage, rien ne semblait se réaliser comme elle le voulait : Merle, trop maigre, Mamita qui semblait ne plus entendre ce qu'on lui disait, son père résigné, et le cousin Jaime qui maintenant lui parlait depuis un quart d'heure de son propre frère qui, lui aussi, vivait à Los Angeles.

Elle ne comprenait pas pourquoi Jaime lui posait tant de questions puisque les deux frères restaient en contact fréquent. Le frère aîné de Jaime avait toujours été le plus solide, le plus entreprenant, le plus aventureux. C'était d'ailleurs le premier de la famille à être parti aux États-Unis, Ramon. C'était une de ses lettres qui les avait décidés, elle et son mari à le rejoindre « là-bas », à la fin de la guerre civile. Ils y feraient plus vite fortune que dans ce pays dévasté, se disaient-ils. Jaime insistait pour qu'elle lui décrive le magasin de Ramon, l'endroit où il était situé, le nombre de clients. Elle répondait distraitement, occupée qu'elle était à observer Mamita. Mamita, fébrile, agitée, les mains tremblantes, cherchait partout des lunettes qui, pourtant, se trouvaient sur la table à côté d'elle.

Mais voilà que Jaime revenait à la charge. Que c'était agaçant ! Que voulait-il donc lui faire comprendre, en fait ? Pourquoi la monopoliser ainsi ? Jaime se rapprochait de plus en plus et parlait de plus en plus bas, l'air gêné. Carmen n'y tint plus et lui lança dans un soupir d'impatience :

— Viens-en au fait, Jaime. Que veux-tu donc que je lui dise à Ramon, à mon retour ?

Il lui jeta un regard hésitant et soulagé à la fois et se lança après avoir repris son souffle :

— Que tu lui expliques que j'ai besoin qu'il continue ses paiements.

— Ses paiements ?

— Oui, il avait l'habitude de m'envoyer tous les trois mois un paiement... assez important. C'est ça qui nous a permis de survivre à la fin de la guerre puis de tenir le coup. Mon salaire à moi n'y suffirait pas. Maintenant, c'est indispensable qu'il continue pour que nous puissions conserver le même train de vie. Les garçons ne comprendraient pas si je devais leur couper tout ce à quoi ils sont habitués.

— Tu veux dire que vous dépendez de Ramon pour continuer à prétendre à un niveau de vie que tu ne peux pas te payer ?

— Oui, répondit Jaime en baissant la tête.

— Mais pourquoi n'as-tu jamais utilisé cet argent pour te lancer dans les affaires, ici ?

— Tu sais, avec Vera qui veut toujours quelque chose de plus pour la maison et les gamins qui me demandent chaque fois ce que leurs copains ont à l'école, c'est difficile. Et puis, en fait, c'est plus facile à Ramon de faire cette somme aux États-Unis et de nous l'envoyer qu'à moi de gagner l'équivalent ici. Et bon, continua-t-il d'une voix plus assurée, par rapport à tout ce qu'il gagne, ce n'est vraiment pas grand-chose. Il peut bien continuer maintenant qu'il a commencé, non ?

Carmen détourna le regard, sans répondre, choquée. Eux, ils avaient sué pour mettre en place leur petite épicerie. Elle savait bien que c'était aussi le cas pour Ramon. C'était le cas pour tous les immigrés. À croire que ceux qui étaient restés au pays pensaient que c'était facile. Si c'était si facile, ils pouvaient venir aussi, se dit-elle dans un moment de rage. Elle regardait maintenant sa famille d'un autre œil et passa en revue les deux ados. Franchement, ils ne lui disaient rien de bon. Ils s'ennuyaient, ça, c'était normal, et n'hésitaient pas à le montrer comme deux enfants gâtés. Et gâtés, ils devaient l'être.

Elle comprenait mieux d'où venaient les téléphones, les vêtements de marque ; c'est vrai que tout ça, qui n'était déjà pas bon marché « là-bas », devait être hors de prix ici par rapport à un salaire de petit professeur. Mais en fait, ce qui lui déplaisait le plus finalement, c'était leur expression, encore plus que leur comportement. Elle se dit que quelque chose devait aller très mal, en fait, et que le cousin Jaime, lui, était aveugle. Oui, aveugle ! Elle en vint même à se demander si le plus jeune ne se droguait pas, nerveux comme il était. Elle en vint même à se demander s'ils étaient armés ou pas. Carmen se traita d'idiote à imaginer ces choses alors que ces deux gamins étaient tout simplement en train de se morfondre dans une réunion de famille interminable. Elle-même, d'ailleurs, elle commençait à s'ennuyer aussi, à souhaiter que certains s'en aillent, au moins pour diminuer un peu le bruit, pour lui permettre de parler avec Mamita. Mais non, il fallait qu'ils restent tous ! Qu'elle était fatiguée pourtant !

Pour couper court aux jérémiades de Jaime, Carmen se rapprocha de sa sœur et lui proposa de l'aider à rapporter les verres vides dans la cuisine. Merle se mit à laver la vaisselle et Carmen la rejoignit devant l'évier pour l'essuyer. Après un moment de silence contraint, elle l'interrogea sur l'état de santé des parents. Est-ce que c'était le seul sujet de conversation qu'elles pouvaient encore partager ? se demanda Carmen avec un rien de tristesse. Peut-être qu'après treize ans d'absence, il n'y avait plus vraiment de lien, malgré les lettres et les quelques coups de téléphone rapides. Pourtant, c'était avec Merle qu'elle avait été la plus proche pendant son adolescence ; Juan, lui, jouait trop au petit mâle que les histoires de filles n'intéressaient pas. Tout cela était si loin. Elle se souvenait des confidences qu'elles s'échangeaient, de leurs rêves. Dans ce temps-là, elles voulaient toutes les deux une grande famille et se disputaient presque à qui aurait le plus d'enfants. Et finalement, quoi ? Elle, elle n'avait eu qu'une petite fille ; une décision raisonnable dans un pays où une bonne éducation coûtait si cher, avait argumenté son mari. Elle ne voulait pas quand même faire des gamins qui tourneraient mal parce qu'ils étaient tous les deux tellement occupés à faire marcher le magasin, non ? Et puis une fille, c'était très bien. Une fille, au moins, ne finirait pas dans un gang. On pourrait la faire étudier et aller à l'école sans trop de difficultés. Ils s'étaient donc arrêtés après Angelina, malgré son profond regret à elle. Par contre, pourquoi est-ce que Merle n'avait toujours pas d'enfant ? Certes, il n'était pas trop tard pour sa petite sœur. Mais en cinq ans de mariage, elle aurait bien dû en faire un ou deux, non ? Carmen se décida et interrompit Merle qui se lamentait sur l'obstination des parents à refuser son offre de venir vivre chez eux, dans leur maison neuve.

— Mais si tu as toi-même des enfants dans les années à venir, tu auras moins de temps pour eux, non ?

Carmen regretta immédiatement sa question en voyant les larmes monter aux yeux de Merle. Celle-ci lui avoua dans un murmure :

— Il n'y en aura pas.

— Pourquoi dis-tu ça ? demanda Carmen. Vous avez essayé ?

— Oui, j'ai fait trois fausses couches en quatre ans. Je n'en aurai pas.

— Comment peux-tu dire ça ? répliqua Carmen.

— C'est ce que le médecin m'a dit, la dernière fois.

— Le médecin ! la coupa Carmen. D'abord, est-ce que c'est un bon ? Et puis, qu'est-ce qu'ils peuvent en savoir ici ? Si c'est vraiment ce que tu veux, avoir des enfants, il faut venir chez nous, à Los Angeles et là, prendre rendez-vous avec un vraiment bon médecin. Et si tu tombes enceinte, tu resteras avec nous le plus longtemps possible pour pouvoir aller dans un bon hôpital à la moindre alerte. Je suis sûre qu'ainsi tu en auras un, d'enfant.

— Tu crois ? demanda Merle avec une subite note d'espoir dans la voix. Tu crois vraiment que ce serait possible ?

— Je ne peux pas te le jurer, ça dépendrait de ce que le médecin dirait, répondit Carmen en hésitant entre les mots. Mais il faut essayer !

Merle lui saisit le bras et serra sa main avec force. Non, il n'était pas trop tard pour qu'elles soient de nouveau deux sœurs.

Elles rentrèrent dans le patio en entendant le bruit d'une voix nouvelle. C'était Juan qui arrivait enfin. Comme il avait changé, lui aussi ! Où était donc passé l'adolescent presque maigre, aux mouvements vifs ? Lui aussi semblait avoir rapetissé. Par contre, qu'est-ce qu'il avait grossi. Il portait encore au-dessus de ses vêtements la robe mauve de la confrérie des pénitents et se mit à raconter en détail le parcours de la procession. Il avait fait partie de l'équipe des porteurs de la statue de la Vierge tout le chemin, ajouta-t-il avec fierté.

— Je suis épuisé, lança-t-il d'une voix dolente en se laissant tomber dans un fauteuil.

Il salua à peine Carmen, sans même se relever. Par contre, il retrouva assez d'énergie pour apostropher ses neveux et leur demander qui viendrait le lendemain le filmer avec son téléphone portable. Le jeune Jorge lui répondit que oui, ça pourrait se faire... selon ce qu'il paierait. S'il voulait, il pourrait même mettre la vidéo sur Youtube mais ce serait cinq dollars de plus. Juan faillit s'étrangler et se retourna vers Jaime :

— Est-ce ainsi que la jeune génération montre du respect pour ses aînés ? s'exclama Juan en se redressant dans son fauteuil.

— Tu devrais au moins te dire qu'ils ont un bon sens des affaires, lui répondit Jaime avec un sourire las.

N'empêche, Juan en avait en effet trop envie de cette vidéo et s'accorda sur un prix avec Jorge.

— Vingt dollars au total mais alors, attention, on doit me voir en gros plan.

— Oui, oui, répondit l'adolescent. Je sais me servir de mon téléphone, quand même !

Enfin ! se dit Carmen quand elle vit Jaime, embarrassé, donner le signal de départ à ses deux fils, ça en ferait déjà trois de moins. Dès la porte refermée sur ceux-ci, sa belle-sœur remarqua d'une voix pincée :

— Quelle éducation que celle que Jaime donne à ses fils ! Les jeunes d'aujourd'hui n'ont plus aucun respect. Et puis, si tu savais ce qu'on entend sur eux.

Carmen soupira de nouveau. Est-ce que cette journée n'aurait pas de fin ? Elle ne voulait qu'une chose ; qu'ils s'en aillent tous, qu'ils la laissent seule, avec les parents. Merle capta son regard et comprit. Elle se leva et proposa à son mari d'y aller car il commençait à se faire tard, appuyant sur les mots en direction de Juan et de sa femme. Finalement, ils s'en allèrent tous les quatre en même temps. Merle l'embrassa sur le pas de la porte et lui glissa à l'oreille :

— On en reparlera, n'est ce pas ?

Carmen répondit que oui, en effet, puis en les voyant regagner leurs voitures, referma le lourd vantail métallique avec un long soupir de soulagement. Elle s'en retourna vers le patio, silencieux maintenant. Elle était enfin seule avec Mamita et le père qui n'avaient presque rien dit jusqu'ici. Elle comprit rapidement pourquoi ; ils étaient complètement sourds. Elle devait s'y reprendre à trois fois pour qu'ils comprennent chacune de ses questions. Découragée, elle leur dit d'une voix lente et forte :

—Je suis fatiguée, je vais dormir maintenant.

Ils ne répondirent rien mais Mamita se leva et la conduisit à son ancienne chambre, en ouvrit la porte et lui dit avec un grand sourire en lui caressant le visage de la main :

—J'ai mis des draps propres ce matin.

Carmen, au bord des larmes, l'embrassa en silence.

Le lendemain, ce fut de nouveau le défilé de la famille et des voisins qui venaient la contempler et lui poser des questions sur leur vie « là-bas ». Carmen percevait maintenant l'envie, la jalousie. Elle en devenait malade, au point qu'elle décida de sortir, d'aller voir la procession du vendredi saint où son frère devait de nouveau tenir un rôle. C'était aujourd'hui la sortie tant attendue de la statue de la Dolorosa, la vierge pleurant son fils.

Elle avait réussi à se faufiler avec Merle sous le porche de l'église. Elle regardait de toutes parts, pour repérer son frère au milieu des chants, de la musique, du brouhaha de la foule. La vierge ornée de fleurs apparut enfin, quittant l'autel de sa chapelle et se mit à voguer lentement dans le ressac de la foule qui se pressait pour la contempler, la toucher. La procession avançait enfin, s'arrêtait, reprenait son cours dans la confusion et le bruit. Carmen repéra enfin Juan parmi les porteurs du brancard, les épaules et la tête courbées sous le poids de la statue, mais pas de Jorge pour le filmer. Pourtant, se dit Carmen, il semblait y tenir à son argent ! Juan s'en était aperçu lui aussi, se dit-elle avec un sourire en voyant son air sombre. Il était le seul à tirer la tête parmi les porteurs.

Deux heures plus tard, lorsqu'elles-mêmes étaient déjà retournées à la maison, il arriva en sueur, fou de rage contre son neveu :

— Décidément, lança-t-il, on ne peut pas compter sur la jeune génération !

C'est à ce moment-là que l'on sonna à la porte. Carmen alla ouvrir et découvrit avec surprise deux policiers. Ils lui demandèrent la permission d'entrer. Elle s'effaça pour leur céder le passage puis referma le portail d'un coup d'épaule.

— Nous avons une bien triste nouvelle à vous annoncer, commença le plus âgé.

Carmen s'immobilisa un moment et leur indiqua d'un geste de la main le patio. La bombe explosa au milieu de celui-ci où le silence s'était fait à leur arrivée. Jorge avait été retrouvé mort le matin même, un coup de couteau entre les côtes. On n'avait pas de nouvelles d'Enrique qui avait disparu. La police pensait à un règlement de compte entre gangs. Entre gangs ? Oui, ils soupçonnaient les deux garçons d'appartenir à la mara Dieciocho[10]. Est-ce qu'ils avaient remarqué un changement dans leur comportement récemment ?

---

10 Mara : gang criminel, ultra violent, souvent impliqué dans le trafic de drogue. Les maras 18 ("Dieciocho" en espagnol) et Zeta sont celles qui comptent le plus de membres.

SUCHITOTO

Alvaro Gutierez n'était pas de bonne humeur ce matin-là. Droit, raide, il avançait le long de la nationale poussiéreuse et déserte. Au croisement avec le chemin menant à la maison de planches de la veuve Teresa, il s'arrêta, s'assit et s'installa dans l'herbe rare et brune dans l'attente du bus, les jambes allongées, le dos appuyé contre un muret et le chapeau rabaissé. Le soleil tapait déjà. Il n'y avait personne ; il était tard déjà mais, lui, il n'allait pas à Suchitoto pour le marché. Si cela n'avait tenu qu'à lui, il serait parti dans les collines plutôt que de perdre sa journée en ville. Il faisait beau en ce début de printemps, la route n'était pas encore trop poudreuse même si la végétation tendait déjà à se dessécher. Le seul souci pour le moment, c'étaient les incendies qui prenaient plus ou moins spontanément dans les broussailles des collines et qui s'étendaient sans que personne essaie de les éteindre.

Ce n'était pas bon ça, si on voulait faire un peu de tourisme dans le coin ; les touristes ne voulaient pas contempler des terres brûlées mais plutôt faire une balade agréable dans la campagne et les sous-bois. En tout cas, c'était ce que lui avait dit le jeune Enrique et il avait tendance à le croire. N'en était-il pas un, de touriste ? Un touriste un peu particulier mais un touriste quand même dans l'esprit d'Alvaro Gutierez : même si Enrique s'était engagé vis-à-vis de son association à rester un an à Suchitoto, il repartirait un jour à Barcelone terminer ses études.

La vieille Ana vint le rejoindre à l'arrêt. Enfin, à l'endroit où le bus avait pris l'habitude de s'arrêter. Elle commença à lui parler, comme d'habitude, de son petit-fils qui était parti aux États-Unis et de son espoir de le voir revenir pour la Semaine Sainte. Chaque année, la vieille Ana espérait que « le petit » revienne. Pour autant qu'Alvaro s'en souvienne, le « petit » devait maintenant être un solide garçon de dix-huit ans bâti comme un taureau et aussi têtu qu'une mule. Mais bon, il ne fallait pas trop en vouloir au gamin ; au moins, celui-là travaillait dur et envoyait régulièrement de l'argent. Ce n'était pas comme ce bon à rien de Francisco. Le jour où les Américains l'expulseraient, lui, il ne reviendrait jamais traîner dans un trou perdu comme La Mora : San Salvador ou Sonsonate, oui, pour continuer dans son business. Pourtant, cet enfant, qui aurait pu prédire qu'il tournerait ainsi ? Lorsqu'il l'avait envoyé là-bas, à quinze ans, Alvaro Gutierez ne l'aurait jamais imaginé. C'était un gosse taciturne et jamais vraiment à se mêler aux autres. Il s'était même demandé si c'était une bonne idée d'accepter la proposition de son cousin car il n'imaginait pas l'enfant capable de se débrouiller là-bas. Ah, ça pour se débrouiller, il avait vite appris ! Il s'était vite fait pincer, aussi. Et à même pas vingt ans, que lui restait-il comme avenir ? Rien d'autre que la Salvatrucha[11].

Alvaro se redressa en entendant le ronronnement d'un moteur dans le lointain. Ce qui n'empêcha pas son esprit de continuer sur la même piste trop bien entretenue de ses pensées. D'ailleurs, Nono lui avait raconté dans sa dernière lettre que,

---

11 Mara Salvatrucha : un des gangs criminels les plus importants en Amérique centrale et du Nord, fondée par des émigrés salvadoriens à Los Angeles.

lorsqu'il était allé rendre visite à l'enfant en prison, il avait remarqué avec horreur que des tatouages grimpaient sur ses mains, ses avant-bras, ses joues aussi : maintenant, il n'aurait plus jamais aucune chance de tourner la page, d'échapper à cet univers. Non, il valait mieux pour tout le monde que Francisco reste aux États-Unis ; qu'il ne soit jamais expulsé, surtout ! Avec des tatouages pareils, qui ici lui donnerait un jour du travail, un vrai travail ? Alvaro grimpa dans le bus qui s'était arrêté devant lui dans un nuage de poussière et se dirigea vers la banquette du fond, près du vendeur de tickets. Là, au moins, il serait en paix pour continuer à penser.

Que dire aux voisins qui s'étonnaient de plus en plus de son silence à propos de l'enfant ? Comment annoncer une nouvelle pareille aux membres encore en vie de la cellule, ou à quelqu'un comme la veuve Teresa qui se tuait à élever seule trois gosses et s'enfonçait dans l'amertume d'avoir perdu son mari pour rien ? Comment la convaincre que cette mort avait eu un sens, que leurs idéaux avaient eu un sens, que leur combat avait eu un sens quand son propre fils était lui-même descendu en enfer à la première occasion ? Et puis, il y avait le reste du village. Au mieux, ce serait la peur. Et ceux qui n'avaient pas soutenu la lutte n'hésiteraient pas à l'attaquer. Ce serait tellement facile au gros Pepe de pouvoir dire lors de la prochaine réunion du conseil municipal, que c'était bien là tout ce qu'on pouvait attendre des révolutionnaires.

Non, le mieux c'était de ne plus jamais entendre parler de l'enfant. Alvaro en venait maintenant à remercier le ciel que la mère de celui-ci n'ait pas survécu. Un comble ! Mais au moins, cela lui avait épargné une douleur à elle. Et puis, survivre pour quoi faire ? Pour devenir quoi dans ce pays ? On était en paix, oui, en effet, plus ou moins maintenant, mais pour quel résultat après tant d'années de lutte ? S'il avait su comment les choses tourneraient, il aurait souhaité lui aussi mourir de cet éclat de bombe, être emporté en même temps qu'elle sans plus avoir à lutter pour obtenir un changement que, en fait, personne ne voulait vraiment.

Il se sentait vieux ce matin, Alvaro Gutierez. Vieux et fatigué. Pourtant, vieux, il ne l'était pas vraiment : à peine quarante ans. Mais dans ces quarante années, combien d'années d'engagement dans le parti, de réunions, de manifestations, d'arrestations, de prison, de lutte, de passages dans la guérilla, de mois passés dans la clandestinité ? Tout ça pour à peine voir sa femme, à peine voir son fils unique grandir. La seule chance qu'il avait eue, c'était d'être rentré à la maison au petit matin de leur dernière attaque dans les collines, dans le but de passer une heure avec eux avant de repartir à la cache et d'avoir été là, lors du bombardement. Il avait fui avec Maria en emportant l'enfant dans ses bras. Il l'avait vue s'affaisser à ses côtés pendant leur course éperdue vers le trou où ils pensaient se réfugier tant que les avions passeraient et repasseraient au-dessus du village. Il avait pu au moins lui fermer les yeux lui-même et confier l'enfant à sa propre mère qui vivait encore à l'époque. Mais après, il l'avait si peu vu, son fils. Est-ce que la lutte avait vraiment valu la peine de cette famille disloquée et sans consistance, d'un gamin en prison pour le reste de sa vie à lui ? Il ne savait plus, là. Il était fatigué. Tous ses choix lui semblaient mauvais.

Maintenant, son dernier but était d'apporter un minimum de bien-être à La Mora tant que cette communauté durerait. Peut-être pas faire la révolution mais avoir une école et un dispensaire qui fonctionnent, au moins. Au moins, ça, c'était du concret ; plus de grandes ambitions mais du concret. Et au moins, ça, ça ferait une différence pour des gens comme la veuve Teresa et ses enfants. Et pour ça, il fallait de l'argent. Et ce n'était pas sur ceux partis aux États-Unis qu'il fallait compter, répétait-il à chaque conseil communal. Un jour, ils arrêteraient de l'envoyer, leur argent. Ou alors, ils se feraient expulser par un gouvernement plus protectionniste que d'autres. Non, il fallait essayer d'attirer l'argent à La Mora même. Et l'argent, il était chez les touristes : il suffisait de voir les quelques hôtels de Suchitoto pour s'en convaincre. Il avait un jour demandé les prix à la jeune fille de l'office du tourisme ; il avait été scié.

Maintenant, les touristes, il fallait les amener, mettre sur pied ce projet de circuits guidés dans les campagnes et les bois alentour. Pour lui, il n'y avait franchement rien d'intéressant là-dedans mais le jeune Enrique avait réussi à le convaincre que ça pouvait marcher. Les touristes ont besoin de faire quelque chose, quoi que ce soit, n'importe quoi. Leur faire faire une promenade à cheval, c'était déjà très bien, leur offrir en plus l'une ou l'autre explication sur la guerre, encore mieux ; leur montrer les impacts de projectiles, les caches, les anciens camps de clandestins. Même s'il n'y avait pas grand-chose, tout ça permettait à un touriste de passer une demi-journée. Et si tu réussissais à avoir des groupes de quatre ou cinq à la fois, c'était directement l'équivalent d'un mois de salaire pour le projet. Bien sûr, il faudrait décider combien le guide garderait et ce qui irait dans le pot commun ; ce ne serait pas vraiment facile ça, chacun voulant sa part, la plus grande possible.

Ses pensées furent brutalement interrompues par une main lui frappant l'épaule sans ménagement et une voix impatiente lui demandant de se pousser un peu sur la banquette. Sans qu'Alvaro le remarque, le bus s'était rempli ; un groupe d'adolescentes rieuses allant à l'école secondaire en uniforme, des familles, des vieux comme lui et ce jeune type qui s'installa à côté d'Alvaro tout en continuant sa conversation sur son téléphone portable. Il se demandait bien, Alvaro Gutierez, comment tous ces jeunes se débrouillaient pour en avoir un. C'était la mode maintenant. Lui, il n'en voulait pas. Pour téléphoner à qui d'abord ? Et pour recevoir un appel de qui ? On était arrivé en ville et le bus naviguait dans les rues étroites de Suchitoto, encore plus étroites autour du marché avec les échoppes débordant sur la chaussée. Alvaro se dit qu'il était temps de revenir à la réalité et descendit péniblement au terminus après avoir laissé passer tout le monde. Vieux, il était vieux, se dit-il amèrement. Il marchait lentement en essayant de rester du bon côté ; celui à l'ombre. Trop chaud déjà, se dit-il, comment allait-il tenir le coup pendant l'été ?

Finalement, se dit-il en refermant sur lui la porte de bois écaillée de la clinique, c'était plus simple ainsi : plus besoin de se soucier comment il supporterait l'été ou pas. Oui, plus simple. Que faire maintenant ? Rentrer tout de suite à La Mora ? Il marcha sans but, arriva au Parque central, en fit une première fois le tour, puis une seconde. Que faire maintenant ? La question revenait à nouveau. Ça en devenait stupide, cette indécision, se dit-il au troisième tour. Sans l'avoir voulu, il se retrouva devant le siège de l'association du jeune Enrique. Il poussa la porte, entra dans la pièce d'accueil bien fraîche et contempla un moment le jeune Enrique penché sur son ordinateur. En train de lire ses mails d'Espagne, se dit-il.

Le jeune homme l'invita d'un geste imprécis de la main à s'asseoir dans le vieux divan fatigué. Alvaro Gutierez contempla en silence la pièce connue, les classeurs alignés sur les étagères, les affiches décolorées cachant des murs en mauvais état, le désordre sur le bureau du jeune Enrique puis ferma les yeux quelques secondes. Il ne les rouvrit qu'en sentant une présence devant lui, pour trouver en face de son nez les genoux du jeune homme. Celui-ci le regarda curieusement. Son sourire de bienvenue avait disparu. On dirait qu'il sait déjà, se dit Alvaro Gutierez. Est-ce que ça se voyait sur son visage ? D'un ton faussement enjoué, le jeune Enrique le salua :

— Bonjour grand-père, ça fait plaisir de te voir. Que puis-je pour toi, aujourd'hui ?

— Je voudrais écrire une lettre, répondit Alvaro Gutierez. Enfin, je voudrais, continua-t-il avec un sourire piteux, que tu me l'écrives, toi. Moi, ça fait trop longtemps que je n'écris plus. Mes mains sont rouillées, ajouta-t-il en soulevant sa main droite déformée par une vieille blessure.

Enrique alla chercher un bloc-notes et un stylo, vint s'asseoir près de lui dans le vieux divan fatigué et lui jeta un regard interrogateur pour lui signifier qu'il était prêt.

— Mon cher fils...

NICARAGUA

FORTALEZA

Les papillons virevoltaient dans un rayon de soleil. Le plus grand, Manuelito le reconnaissait ; c'était un monarque, sans l'ombre d'un doute. On en avait parlé la semaine précédente en classe ; c'était lui qui, chaque printemps, partait aux États-Unis. Par contre, les deux autres, il n'arrivait pas à les identifier. Le bleu était la plus jolie chose qu'il ait jamais contemplée. Fragile et magnifique, vif, l'image même de la perfection. Le dernier, le plus petit, était blanc avec un simple liseré jaune ; encore maladroit mais tout aussi attirant que les deux autres. Manuelito les contemplait du haut de la colline de terre rouge qui surplombait la maison. Les trois papillons dansaient dans le soleil, affranchis du poids de la vie à Fortaleza, s'envolaient et s'éloignaient déjà sans plus l'attendre. Manuelito voulut s'élancer à leur poursuite, les rejoindre mais ses pieds collaient au sol. Il était figé, soudé à cette terre rouge, crevassée par la sécheresse. La végétation rabougrie lui griffait les jambes. En dessous de lui s'étalait l'amas de baraques mal rangées qui était son seul horizon, la prison dont il ne sortirait jamais,

Fortaleza. Manuelito vit sa main se lever, son bras se tendre, sa main s'agiter. Il disait au revoir aux papillons. Il savait bien que ceux-ci allaient partir dans un instant, le quitter et disparaître dans le soleil sans espoir de retour. La vague de tristesse qui le submergea à ce moment-là le sortit de son sommeil et le chagrin qui lui étreignait le cœur se transforma en larmes avant même qu'il ne soit complètement éveillé. Pourquoi n'attendaient-ils pas qu'il les rejoigne ? Ses sanglots maintenant incontrôlables se firent plus bruyants, plus désespérés, plus hachés. La voix grondeuse de grand-mère Anita bondit dans l'obscurité comme une lance traversant le brouillard de sa souffrance :

— Tais-toi, Manuelito ! Tu vas encore réveiller tout le monde. Et demain, je me prendrai à nouveau les réflexions des voisines sur la manière dont je te traite. Si tu n'arrêtes pas, je vais me lever et alors, tu auras vraiment une raison de faire du potin.

Lui, il s'en foutait bien des voisins. Par contre, il n'avait aucune envie que la vieille se lève. Manuelito ravala ses larmes et se rendormit. Ce jour-là, après l'école, Manuelito gravit la colline surplombant le village. C'était le même paysage que dans son rêve, à chaque épine près. Ce paysage, il était venu le contempler chaque jour depuis son arrivée à Fortaleza. Il avait une bonne raison de s'en souvenir chaque nuit, se dit-il en arrivant en sueur au sommet de la colline. Mais pourquoi donc ses parents étaient-ils partis sans lui ? Qu'ils aient dû aller chercher du travail au Costa Rica, Manuelito comprenait bien. Il n'y en avait pas pour eux à Managua. Mais pourquoi ne pas l'emmener ? Son père avait répondu qu'il devait continuer l'école, au moins jusqu'en sixième. Continuer l'école ? Pour faire quoi ? Lui, ce qu'il voulait, c'était être avec ses parents et sa petite sœur. De toute manière, l'école ça l'ennuyait.

Il ne resterait pas à Fortaleza à les attendre ! se dit Manuelito en tapant avec rage dans une touffe d'herbe. De toute manière ils ne reviendraient jamais. Ils l'avaient abandonné. Et si, pourtant, ils revenaient ? Eh bien, ils ne l'y retrouveraient pas ! Il serait parti, lui aussi. Et pour plus loin ! Le Costa Rica, qu'est-ce que ça pouvait bien leur rapporter ? Tant qu'à faire, autant partir vraiment loin, là où il y avait plein d'argent. Aux États-Unis. Là où faisait fortune, tellement on gagnait bien sa vie. Le plus difficile serait de passer la frontière, lui avait dit Aarón. Jusqu'au Mexique, c'était facile. Mais c'était la dernière frontière, celle avec le Texas qui était vraiment dangereuse. Il fallait traverser le désert. Après, tout était facile. Il suffirait de travailler dur pour gagner de l'argent et un jour, il reviendrait au village, plein aux as, envié de tous. Oui, c'est ce qu'Aarón avait dit. Et lui, il le croyait Aarón. N'avait-il pas un frère qui travaillait maintenant en Californie ? Bon, le frère n'était pas encore revenu au village et n'envoyait que quelques dollars par mois. Mais c'était le début. Pour la première fois de la journée, l'enfant sourit en contemplant la maison de grand-mère Anita, toute petite du haut de la colline de terre rouge qui la surplombait et Fortaleza qui s'étendait sous ses yeux, sale, crasseuse, isolée en bout de piste ; la prison où ses parents l'avaient abandonné et d'où il s'échapperait.

Anita se déplaça lentement de la table à l'étagère où elle conservait les provisions ; même si la pièce était petite et que le trajet ne faisait que deux pas, c'était de plus en plus difficile ces derniers temps, reconnut-elle avec lucidité. Tout devenait plus difficile. Elle devait de plus en plus se reposer sur Manuelito. Elle devrait de plus en plus lui faire confiance et lui donner encore plus de responsabilités. Fatima avait beau lui dire en partant qu'il serait serviable, qu'il l'aiderait ; elle, ce qu'elle voyait c'est que ce petit-fils quasi inconnu jusqu'au mois dernier était bête, lent, incapable de comprendre quoi que ce soit, même l'ordre le plus simple sous lequel il semblait complètement se figer. En plus, il pleurait comme une fille. Il ne lui faisait pas honneur, ce gamin. Quand il sortait de la maison, ce n'était même pas pour jouer avec les autres gosses du village, ce qu'elle aurait compris, même si ça ne faisait pas son affaire à elle, Anita, qui ne l'avait accepté que par bonté et complaisance pour sa fille. Oui, elle aurait compris. Mais non, c'était pour grimper sur cette colline et se tuer la santé à coup de chagrin. Ah, ils seraient bien si cet enfant tombait malade, lui aussi ! Comment feraient-ils alors que là, ça allait être à lui de s'occuper d'elle ?

C'était aux jeunes à s'occuper des vieux ; c'était ce que sa mère lui avait appris, c'était ce qu'elle avait essayé d'apprendre à sa fille. Mais qu'avait fait Fatima ? Elle était partie au Costa Rica. Rejoindre son mari, voilà ce qu'elle avait fait. Que Manuel aille travailler de l'autre côté de la frontière, là où les salaires étaient meilleurs, ça ne la dérangeait pas du tout ; Fatima serait revenue vivre avec elle et elles auraient attendu l'argent chaque mois. Mais non, cette gamine obstinée avait voulu partir aussi, ne pas être séparée de son mari. Qu'est-ce qu'elle voulait donc comme résultat : mettre en route un troisième enfant, peut-être ? Beau résultat si ça arrivait ! Le Costa Rica ne les rendrait pas riches dans ce cas.

Ça la faisait enrager, Anita. Parce que, bien sûr, c'est vers elle qu'on se tournerait à nouveau. Mais cette fois, elle dirait non. Non, elle ne voulait plus avoir d'enfants dans les pattes. Elle avait assez donné comme ça quand elle était jeune. Elle en avait eu six, des enfants. Et à quoi est-ce que ça lui avait servi ? D'abord, deux étaient morts. Le premier, encore bébé, avait succombé à une diarrhée. Le second, le meilleur, était mort stupidement, tué net par une balle perdue lors d'une manifestation ; une manifestation à laquelle il ne prenait même pas part, tout à son boulot de coursier, elle en était sûre. Il n'était pas bête son Arturo, il s'était toujours tenu à l'écart de la politique. Mais malgré tout, il l'avait reçue cette balle. Et tous ses espoirs de soutien s'étaient envolés alors qu'elle commençait à voir ses efforts payer, l'éducation donnée rapporter. Des quatre restants, trois l'avaient abandonnée, ne s'intéressant plus à elle, ne venant jamais la voir, ne lui envoyant jamais d'argent. La dernière, Fatima, ne s'était souvenue de sa mère que pour venir déposer ce paquet encombrant de petit-fils.

Elle n'avait pas de chance, aucune chance, jamais. D'abord son mari s'était révélé à l'usage un ivrogne incapable de mettre quoi que ce soit de côté. Et puis, ses enfants étaient si peu les siens par leur ingratitude. Elle avait eu beau le leur rappeler durant toute leur enfance, qu'ils devaient respect et assistance à leurs parents, gratitude pour tout le mal qu'elle se donnait, ils n'avaient rien entendu, rien retenu. Dès qu'ils avaient pu, ils étaient partis. Et puis, maintenant, voilà qu'elle allait bientôt perdre son travail à la grande maison. Elle le sentait. Elle voyait bien que la patronne la regardait d'un drôle d'air depuis quelque temps, de loin, sans lui parler mais sans cesse en train de calculer le nombre de minutes qu'elle prenait pour nettoyer le sol de la véranda ou pour étendre la lessive. Elle le sentait. Elle l'entendait réfléchir, la patronne ; réfléchir que prendre une plus jeune lui reviendrait moins cher, que ce serait plus rapide. Et elle avait beau se presser, Anita ; dès qu'elle sentait le regard dur de la patronne peser sur elle, elle n'en pouvait plus et se demandait avec de plus en plus d'angoisse ce qu'elle ferait le jour où la patronne lui dirait que ça ne valait pas la peine qu'elle revienne la semaine suivante. Elle comprenait bien où on voulait en venir en faisant venir la petite des Obando de plus en plus souvent. « En renfort pour les gros travaux » disait la patronne. Mais Anita comprenait très bien. Elle n'était pas idiote. C'était une manière de la mettre progressivement sur le côté et puis de la virer quand cette gamine impudente saurait quoi faire sans que la patronne doive rester derrière elle toute la journée.

La patronne, elle, ne cherchait qu'une chose : avoir le moins d'ennuis possible et se reposer le plus souvent possible dans son beau salon. Elle aussi, Anita, elle aurait aimé se reposer dans un beau salon. Elle aussi, elle aurait aimé être riche, avec un mari qui gagne bien sa vie, des enfants qui viennent le dimanche lui montrer les petits-enfants, leur apprendre le respect pour leur grand-mère, une petite servante pour faire le travail et puis, des vacances aussi. Pourquoi pas des vacances, aussi ? À Miami, par exemple ? Se perdre dans ces centres commerciaux où on peut rester toute une après-midi sans sortir, tellement c'est grand, avoir une carte de crédit, vivre la vie des gens riches, aller à l'hôtel, un bel hôtel de luxe, moderne, avec des ascenseurs, la télévision, l'air conditionné et une vue sur un grand boulevard bordé de palmiers, des voitures qui roulent indéfiniment sur de belles routes asphaltées.

Manuelito rentra, observa sa grand-mère quelques secondes et se demanda avec angoisse de quelle humeur elle serait aujourd'hui. Pas trop mauvaise, à voir le sourire qui apparaissait pour une fois sur le visage dur. Il se lança et dit d'une petite voix hésitante qu'il avait faim. Anita le regarda un moment en silence, suffoquée d'indignation puis lui lança :

— Qu'est-ce que tu espères donc ? Non, il n'y a rien à manger, ce n'est pas un restaurant ici ! La seule chose qui reste, c'est deux tortillas de ce matin.

Il lui lança un coup d'œil interrogateur.

— Oui, je sais ce que tu penses mais tes parents n'ont encore rien envoyé ce mois-ci et la grande maison ne m'a pas encore payée. Si tu veux manger, il faudra travailler après l'école et ne pas aller te promener comme un gosse de riche. D'ailleurs, l'épicier m'a dit qu'il avait besoin d'un garçon pour porter des paquets. Va le voir et arrange-toi avec lui. Lui au moins pourrait te payer en nous donnant à manger.

— Mais moi, ce que je veux, c'est aller aux États-Unis et pas travailler pour l'épicier, répondit Manuelito.

— Tu veux aller aux États-Unis, toi ? lança grand-mère Anita.

— Oui, c'est ce que je veux. Je ne veux pas attendre leur retour ici. À quoi bon ! De toute façon, ils m'ont lâché. Je veux aller aux États-Unis et gagner beaucoup d'argent.

Anita le regarda, l'air songeur :

— C'est ce que tu voudrais faire, hein ? Eh bien, si on y allait aux États-Unis ?

Manuelito la regarda, incrédule :

— Tu parles sérieusement, grand-mère ?

— Oui, je parle sérieusement ! Mes enfants se sont mal comportés vis-à-vis de moi. Il est temps que je les rappelle à leur devoir. Tu te souviens de ton oncle David ? Celui qui est un jour parti pour Miami ? Cet ingrat qui ne m'envoie jamais

rien alors que je sais bien qu'il gagne un tas d'argent là-bas ?
Eh bien, on va y aller, à Miami ! Et alors, il sera bien obligé de
se souvenir de moi.

— Mais si on ne le trouve pas ?

— Ne t'inquiète pas, on le trouvera.

— Et puis, pour y aller, comment on fera ?

— Je vais vendre la maison. Une fois le prêt remboursé,
on devrait avoir assez pour nos tickets et on part.

Et c'était comme ça, réfléchit Manuelito, qu'ils s'étaient
retrouvés ici à l'aéroport de Miami : grand-mère Anita avait
réussi à tout vendre en moins d'un mois. Ils étaient là, dans
la file, à attendre leur tour pour les passeports et le contrôle
d'immigration. Seraient-ils acceptés ou refoulés ? Il savait
bien que ce n'était pas si facile que ça d'entrer aux États-Unis.
Il fallait un passeport, un visa... Tout le monde savait ça.
Alors, comment est-ce que grand-mère Anita s'était débrouillée ?
De ça, elle ne lui avait rien dit. On les avait laissés embarquer
à Managua. C'était un bon signe, décida Manuelito face à
l'angoisse qui lui monta dans le ventre lorsque la file s'ébranla
et les rapprocha du poste de contrôle.

Au moins, les panneaux étaient aussi en espagnol, se dit-
il à moitié rassuré. Parce que l'anglais, il ne connaissait pas.
Que feraient-ils si l'oncle David n'était pas au rendez-vous ?
Que feraient-ils dans cette ville immense qu'il avait découverte
depuis la fenêtre de l'avion ? Comment feraient-ils pour le
trouver dans ces rues alignées en carrés parfaits se répétant à
l'infini, rangées après rangées, depuis le front de mer jusqu'à
l'intérieur des terres en une nouvelle mer, de béton et d'acier
celle-là, se fondant dans le brouillard de fin de journée qui
noyait l'horizon. Il entrait dans un monde nouveau, inconnu et
terrifiant. Mais c'est maintenant, se dit Manuelito, maintenant
ou jamais.

C'est à ce moment-là que la chose arriva, la chose qui
allait changer sa vie. Grand-mère Anita s'effondra dans la file
d'attente. Manuelito s'accroupit à côté d'elle et lui demanda
d'une voix suppliante de se relever, de tenir le coup encore

quelques minutes, que ce ne serait plus long. Mais grand-mère Anita ne l'entendait plus, tassée sur elle-même, le visage gris. Au début, ils n'avaient pas attiré l'attention. Lorsqu'il n'avait pas pu la relever, leurs voisins dans la file - un jeune couple d'Indiens avec un bébé en transit pour Mumbay - s'étaient penchés sur grand-mère Anita et avaient commencé à l'allonger, lui parlant à voix haute. Puis des gardes en uniforme noir s'étaient dirigés vers eux et tout s'accéléra.

Ils avaient sanglé grand-mère Anita sur une civière et puis l'avaient emportée. Peut-être l'avaient-ils envoyée dans un hôpital, il ne savait pas. Mais lui, Manuelito, ils l'avaient emmené à l'écart, dans un bureau de la zone de transit. Ses papiers n'étaient pas en règle. En plus, il n'avait pas de document de ses parents l'autorisant à voyager seul ou avec sa grand-mère. C'était ce qu'il avait compris d'une fonctionnaire des douanes, pas méchante, qui aurait pu être nicaraguayenne par l'apparence et qui lui avait parlé gentiment, doucement, en espagnol. C'est elle qui lui avait apporté de l'eau et même, une fois, un coca et un sandwich. C'est elle qui lui avait annoncé le plus gentiment possible que grand-mère Anita était morte, qu'ils n'avaient pas trouvé à l'aéroport quelqu'un qui pourrait être oncle David, qu'ils n'avaient pas trouvé à Miami où pourrait bien habiter l'oncle David, qu'ils ne savaient pas quoi faire de lui, qu'ils avaient contacté l'ambassade pour qu'on essaie de retrouver ses parents.

Un agent du consulat était venu. On l'avait interrogé. On lui avait demandé s'il savait où étaient ses parents. Mais lui, que savait-il, Manuelito ? Ils étaient au Costa-Rica, ses parents, c'était tout ce qu'il savait. Ses parents l'avaient un jour déposé chez grand-mère Anita, sans rien lui dire de l'endroit précis où ils allaient. Est-ce qu'ils le savaient eux-mêmes, d'ailleurs ? Et grand-mère Anita n'avait jamais reçu de nouvelles, elle non plus. Est-ce qu'il savait s'il avait de la famille à part sa grand-mère et l'oncle David qu'on ne retrouvait pas à Miami ? Non, Manuelito ne savait pas. Il était maintenant au bord des larmes, Manuelito, à la fin du second jour d'interrogatoire, toujours coincé dans la zone de transit. Il venait de prendre conscience de la réalité. Non, il ne savait pas, il était trop petit ; on ne lui avait pas dit. Ce que grand-mère Anita savait, elle l'avait emporté avec elle. L'agent consulaire avait essayé de le réconforter. On avait parlé de lui à la télévision au Nicaragua, au Costa Rica même. On avait demandé à ses parents de se faire connaître. Mais cela n'avait servi à rien. Lorsqu'on ne l'interrogeait pas, on le laissait dans la zone de transit. Il avait fait cent fois le tour des quelques boutiques ; la librairie où il essayait de comprendre les bandes dessinées en anglais, les deux cafés où des dames le regardaient avec pitié et lui donnaient un sandwich de temps en temps. La nuit, il dormait sur une rangée de chaises. Il attendait.

Au quatrième jour, un garde était venu le chercher devant la librairie et lui avait dit que quelqu'un l'attendait au bureau. Manuelito s'était précipité. On avait retrouvé ses parents, ça devait être ça ! Mais non, un monsieur inconnu, bien habillé, était assis au bureau et parcourait son dossier. Il avait regardé Manuelito avec attention et lui avait finalement dit, en espagnol heureusement, qu'il s'appelait John Hammon et qu'il était chargé par un juge de son cas, qu'il serait son tuteur tant qu'il resterait aux États-Unis, tant qu'on n'aurait pas retrouvé ses parents ; est-ce qu'il comprenait ? Oui, il comprenait.

Il comprit aussi très vite qu'il n'y avait pas trop de quoi se réjouir. Mr Hammon l'avait conduit ici au centre, un centre pour des enfants comme lui, pour des adultes aussi ; des gens qu'on voulait renvoyer dans leur pays. Et de ce centre, il ne pouvait pas sortir. C'était la règle, lui avait dit Mr Hammon. Oh, c'était bien d'une certaine manière. Il y avait classe le matin et il pouvait jouer dans les couloirs l'après-midi. On lui donnait trois repas par jour. Mais il ne pouvait pas sortir. Il avait un lit, celui du haut près de la fenêtre, dans un dortoir.

Chaque nuit, il rêvait. Il rêvait qu'il était sur la colline rouge, et qu'il voyait sa main se lever, son bras se tendre, sa main s'agiter. Il disait au revoir aux papillons. Il savait bien que ceux-ci allaient partir dans un instant, le quitter, s'envoler dans le soleil et disparaître, sans espoir de retour. Le grand monarque allait emmener le papillon bleu délicat et le petit blanc en migration. Il le sentait, c'était le moment ; celui de la migration de printemps. Celle qui pousse les monarques à redescendre vers le sud, à abandonner l'Amérique du Nord. Et lui, il resterait là, sans pouvoir les accompagner. La vague de tristesse qui le submergeait à ce moment-là le sortait de son sommeil et le chagrin qui lui étreignait le cœur se transformait directement en larmes. Les sanglots désespérés, bruyants, hachés, réveillaient ses camarades de chambre, chaque nuit.

RIO COCO

Medrana donne, donne tous les jours, donne de la soupe, donne des tortillas, donne de l'amour. Elle donne tout ça car elle ne sait pas faire autrement. Comment faire autrement ? Comment faire autrement face à ces gamins avides ? Ces gamins qui arrivent dans le petit matin, encore endormis parfois, renfrognés comme le petit José ou bien avec un large sourire malicieux comme la petite Tina. Ils arrivent au petit matin, parfois dans la brume, parfois dans un brouillard qui se transforme en pluie et ils ont faim. Ils viennent à l'école parce qu'ils ont faim et que l'on a promis à leurs parents de leur donner un repas. Même si ce n'est pas pour la meilleure raison qui soit, ils viennent. Et ce qu'elle veut, elle, Medrana, c'est les voir manger puis les voir s'asseoir dans la classe et celle-ci commencer avec le petit instituteur venu de la ville et qui semble à peine plus âgé que le plus vieux des grands. Quand le bruit des chaises traînées sur le sol de terre battue s'apaise, que le tumulte des conversations s'éteint, Medrana referme la porte sur le petit instituteur et sa classe qui, enfin, semble disposée à l'écouter.

À ce moment-là, il est huit heures du matin et Medrana retourne chez elle pour s'occuper de son petit magasin, de la maison à nettoyer, de la lessive à faire, de son petit-fils à garder quand sa fille cadette en a besoin. Elle n'arrête pas de se dépêcher, lentement, posément, Medrana. À chaque moment, il y a quelque chose qui l'attend, quelqu'un qui l'appelle. Elle prend tout de la même manière, lentement, posément. Elle est là, lumineuse comme une lampe ancienne, belle et ronde, polie par l'usage, solide et robuste, lente à brûler mais le sourire intérieur ne s'éteint jamais. Il brille doucement au travers des couches de vêtement, des plis d'un corps qui se fait vieux.

Elle se sent heureuse, profondément heureuse ce matin, Medrana. En paix. Pourquoi ne le serait-elle pas ? Elle a tant reçu, se dit-elle. Oui, elle a reçu, même si elle a perdu aussi. Mais à ça, elle n'a pas particulièrement envie d'y penser ce matin. Il fait beau. Le soleil a dissipé le brouillard, laissant l'herbe scintiller de rosée et les arbres luire comme des sculptures vernissées. Il commence à faire juste agréablement chaud. Pourquoi s'encombrer l'esprit de souvenirs de malheur alors que l'instant est si beau ? Pourquoi penser à la guerre ? C'est loin maintenant.

Elle souhaite profiter de la beauté du monde, Medrana, encore et encore. Même si elle se fait vieille, même si elle a de plus en plus souvent mal au ventre d'une manière qui ne la trompe pas. Marta, sa fille cadette va bientôt donner naissance à son deuxième enfant, elle voudrait être encore là pour l'assister, au moins à la naissance et lors des premiers mois. Après, ce sera à Marta de se débrouiller seule, sans elle. En fait, Marta ne sera pas vraiment seule, se dit Medrana dans un soupire soulagement. La communauté était soudée et la mort de Raul, son mari, n'aura pas de conséquences trop dramatiques pour sa fille. Elle aurait le magasin, un peu de travail à côté, assez pour nourrir les enfants et les envoyer à l'école. Peut-être se remarierait-elle un jour. Quoique ça, il ne faut peut-être pas le lui souhaiter puisque ça voudrait dire encore plus d'enfants à nourrir, à voir grandir, à élever et à voir mourir parfois.

Medrana s'active, lentement, posément. Elle emporte le linge, une bassine, du savon, la planche et va au rio. Elle lave le linge de toute la famille, une pièce après l'autre, lentement, posément, en regardant les quelques bateaux qui descendent la rivière. Elle lève à peine la tête, lance un bref regard pour voir si c'est quelqu'un d'intéressant, comme un épicier, par exemple. Il serait temps qu'elle se réapprovisionne pour le magasin : le sucre était presque terminé, le riz aussi. Medrana se penche à nouveau sur le morceau de tissu, le frotte, le retourne, le frotte à nouveau, le rince, l'étend sur les galets et se saisit du suivant.

Un bruit de moteur la fait s'immobiliser, arrêter la lessive, fixer le fleuve en amont avec impatience dans l'attente de découvrir le bateau qui va bientôt franchir le dernier méandre avant le village. Qui est-ce ? Le vieil Eduardo est passé il y a deux jours. Le petit jeune ne fait pas encore le voyage régulièrement. Ce rapiat d'Oswald, alors ? Elle espère que non ; il est pénible l'Oswald, tout le monde au village s'accorde pour le dire. Pénible mais nécessaire, se dit-elle dans un soupir en se relevant lentement, posément. Le dos craque, le linge qu'elle a rassemblé dans une bassine pèse. Elle se dirige vers la plage de galets. Elle arrive au moment où les trois hommes remontent la pointe de la pirogue à moteur d'un mètre pour la bloquer contre la berge le temps des négociations. Il y a déjà du monde : Erica et la vieille grand-mère, les gamins qui se sont échappés de l'école, le petit instituteur aussi empressé qu'eux.

Oui, c'est bien Oswald accompagné de son neveu, le jeune Arturo, un gamin de quinze ans à l'œil vif pour tenir le gouvernail, un gamin qu'elle se rappelle avoir vu tout bébé il n'y a pas si longtemps. Et puis, il y a un type solide aux cheveux grisonnants pour aider à décharger. Celui-là, elle ne le connaît pas. En fait, il n'est pas si vieux que ça. Plutôt bien bâti même, se dit-elle en le regardant soulever les sacs de riz que la famille Mendez est en train d'acheter.

Medrana observe les achats des uns et des autres. Elle fait mentalement le compte de l'argent qui lui reste, deux mille cinq cents, non, trois mille córdobas. Elle réfléchit à ce qu'elle a encore en stock et attend pour être sûre de passer en dernier. Du sucre, oui, beaucoup, vingt kilos. Des chips aussi, tout le monde en veut mais personne ne pense à en acheter. Des cigarettes, évidemment. Des pâtes aussi ; les gens vont en avoir marre du riz à un moment. De la farine ? Peut-être, mais alors, un sac seulement. Elle ne veut pas risquer plus : trop d'humidité, trop vite des vers. Par contre, des allumettes, ça, ça part tout le temps, le savon aussi, les piles...

C'est son tour maintenant. Elle se met à discuter avec l'Oswald, lentement, posément. Elle passe en revue sa liste, discute le prix de chaque article. Comme d'habitude, l'Oswald en profite, profite de leur isolement sur le Rio Coco, de l'absence de route de ce côté-ci, le côté nicaraguayen. Comme d'habitude, il y a une erreur en sa faveur à lui dans l'addition finale. Comme d'habitude, il essaie de l'étourdir pour lui faire perdre son compte. Comme d'habitude, elle tient bon et arrive au chiffre exact. Comme d'habitude, elle fouille dans les tréfonds de sa jupe après la liasse de billets soigneusement pliés qui ne la quitte jamais. Comme d'habitude, elle déplie les billets et compte lentement, posément. En fait, elle sait bien compter mais elle adore faire enrager l'Oswald, le voir tendre la main, impatient, alors que c'est lui qui les vole honteusement. Elle sait qu'il les vole. Mais que peut-elle y faire puisqu'il n'y a pas de route de ce côté-ci du rio ? Peut-être un jour traversera-t-elle le fleuve et ira-t-elle voir du côté du Honduras ? Possible, mais cette fois-ci encore, elle dépend d'Oswald pour se réapprovisionner.

Face au tas de marchandises, Medrana se demande comment les remonter sur la berge puis au magasin. Après s'être fait payer, Oswald se dirige vers le petit restaurant installé sur la berge sans plus se soucier d'elle. Medrana demande à l'étranger s'il est d'accord pour lui porter tout ça à la maison. Il répond que oui dans un miskito laborieux. Alors elle repasse à l'espagnol et lui demande d'où il vient, ce qu'il vient faire ici sur le Rio Coco. Même en espagnol, il répond avec un accent bizarre. Ça l'étonne, Medrana, mais elle comprend mieux après la réponse. Oui, il vient de loin, de Bluefields, et sa langue maternelle, c'est l'anglais, pas l'espagnol, même s'il l'a appris comme tout le monde. L'étranger prend deux sacs sur l'épaule, un de farine, l'autre de sucre et ils se mettent en marche. La pente de la berge ne l'empêche pas de continuer la conversation. Il a voyagé aussi, il s'appelle Jim, il a fait un tour du monde sur un cargo, pendant sept ans. Ils se dirigent ensemble vers le petit magasin de Medrana, lui avec sa charge de quarante kilos, elle avec les chips et les cigarettes qu'elle ne veut pas laisser un moment sans surveillance. Elle écoute l'étranger qui continue à parler de lui ; l'étranger encouragé par son sourire silencieux à elle. Maintenant qu'il est de retour au pays, l'espagnol, ça lui semble un peu bizarre et le peu de miskito qu'il connaissait avant, il l'a perdu, termine-t-il avec un grand sourire en déchargeant les sacs sur la terrasse. Il lui demande si elle veut qu'il lui apporte le reste. Medrana hésite, lui pas. Il retourne sans un mot vers la plage. Medrana est déçue, elle aurait voulu continuer la conversation ; pour une fois qu'il était possible de parler avec quelqu'un qui avait tant voyagé. Elle suppose qu'il va rejoindre son patron, qu'ils vont manger tous les trois ensemble puis repartir.

Mais voilà que les épaules de l'étranger, courbées sous le poids des caisses, réapparaissent sur le sentier en pente. Il avance tranquillement, lentement, pour garder les paquets en équilibre et revient de nouveau tout déposer sur la terrasse. Il repart pour un troisième trajet, elle en est sûre maintenant. Alors, elle fait la seule chose qui lui vient à l'esprit : du café, une assiette d'œufs brouillés et des haricots. Elle dépose le tout sur la table sans un mot lorsqu'il revient. Il la regarde quelques secondes en silence, puis un grand sourire se fait jour sur son visage. Il s'assied tranquillement, lentement et ils commencent à parler pendant qu'il mange et qu'elle s'affaire dans la cuisine.

Ils parlent de tout et de rien. De ses voyages à lui. De sa vie à elle. De l'épicerie qu'elle tient pour faire vivre la famille. De sa fille veuve. Des petits-enfants. De celui qui s'annonce. De ceux qui sont morts. De son envie à elle d'aller voir sur l'autre rive, au Honduras, si elle ne pourrait pas s'approvisionner pour moins cher. De son envie à lui de s'installer un jour quelque part, de poser son sac, d'arrêter les voyages. De ce qui l'a mené ici sur cette portion perdue du Rio Coco, coincée entre réserve naturelle et frontière avec le Honduras. Des hasards de la vie. De lui qui n'a jamais eu d'enfant. De leurs âges respectifs. Enfin, ils parlent, ils parlent longtemps. Ils ne se rendent pas compte du temps qui passe. Jusqu'au moment où le petit Arturo apparaît sur le pas de la porte à bout de souffle :

— Jim, j'ai fait tout le village pour te trouver ! Ça fait une heure qu'Oswald veut partir. Il est furieux. Que se passe-t-il ?

— Ce qui se passe ? répond tranquillement, lentement, Jim.

— Ce qui se passe ? répond lentement, posément, Medrana en écho.

Ils se regardent sans grande surprise, comme si une évidence se faisait jour, là, maintenant.

— Ce qui se passe, reprend Jim en ne quittant pas du regard Medrana, ce qui se passe c'est que je reste ici, répond-il enfin.

Le sourire sur le visage de Medrana se fait encore plus large, encore plus lumineux quand elle se tourne vers le petit :

— Tu entends, Arturo, mon garçon, va dire à l'Oswald qu'il reste ici.

— Non, je vais aller le lui dire moi-même, récupérer mon sac et demander le salaire qu'il me doit jusqu'à présent, reprit Jim. Et puis après ça, il faudra que je voie où je peux me procurer un bateau. Il y a un rio à traverser.

WASPAM

La lune qui se lève sur le Rio Coco dessine une ombre sur la berge, celle d'un homme assis, immobile. À cet endroit, à l'écart du quai d'embarquement, les bruits de la rue principale arrivent assourdis. Les bars qui recrachent leur cargaison d'hommes saouls et braillards, la musique, la pétarade de l'une ou l'autre motocyclette ; rien de tout ça ne dérange l'homme dont l'ombre est tracée par la lune. L'homme songe, et il songe que si ce rio était plus profond, il s'y jetterait. Pour quelle raison continuer ? Il n'a plus envie de rien depuis qu'elle est partie, plus envie de rien finalement que de s'anesthésier. Même si ce soir, il ne peut plus supporter la foule des autres ivrognes. Autres ivrognes, en effet. Maintenant il est l'un d'entre eux. Il les a rejoints, est descendu dans la boue, dans la fange dont il croyait être protégé. Protégé par quoi ? Par son intelligence ? Par le bon boulot qu'il a réussi à décrocher avant ? Avant, c'était quand il était encore jeune. C'était quand il avait encore l'illusion que la vie était simple, facile, qu'elle lui souriait et lui apporterait tout ce qu'il en désirait : une belle position, une belle maison dans un beau quartier de la capitale, une famille sur une belle photo. Il eut un sourire amer. Rien de cela ne protège de la douleur le jour où vous rentrez à la maison et que celle-ci est vide. Que le voyage d'affaires se soit soldé par un beau contrat ne protège pas, que votre chef soit content de vous ne protège pas. Il y a la douleur, tout simplement.

Alors pour arrêter la douleur, il n'y a pas grand-chose à faire : s'anesthésier. S'anesthésier dans le travail, et quand ça n'est plus assez, se faire une virée dans les bars, se trouver des filles, boire, s'anesthésier là aussi, tant qu'il peut. Il ne veut plus rien d'autre. Il ne veut plus vivre rien d'autre. Il n'a plus de vie. Celle-ci s'est effondrée et il ne se sent tout simplement pas la force de la reconstruire. Il n'est plus capable que d'une seule chose maintenant ; se recroqueviller. Se recroqueviller en boule sur sa souffrance et pleurer. Pleurer parce qu'il est seul ici, que personne ne le verra, que personne ne peut se douter, que personne ne doit se douter de sa vulnérabilité. Parce qu'il est seul dans ce patelin perdu au fin fond de la réserve, loin de tout. Parce qu'il est là de passage et qu'il a en plus trouvé ce coin désert au bord du fleuve. Parce que personne ne le verra. Il ne veut pas la montrer cette souffrance. Il ne doit pas la montrer.

Il essaie de se relever. Il échoue, retombe lourdement sur l'herbe sèche de la berge. Trop d'alcool, trop de douleur. Et surtout pas assez : pas assez de joie, pas assez de vie, pas assez... Non là, il ne faut plus y penser, c'est le terrain interdit, le terrain où il a appris à son esprit à ne pas s'aventurer. Il est devenu très fort à ça : s'arrêter de penser sec dès qu'il dépasse une frontière invisible mais totalement efficace ; la frontière où sa peine, son chagrin vont devenir insupportables, incontrôlables. Cette frontière-là, il la respecte. Il la respecte tellement bien qu'il reprend une rasade à la bouteille qu'il tient en main, rageusement, méthodiquement. Il est méthodique, non ? D'ailleurs dans son travail, c'est une qualité qu'on lui reconnaît ; être méthodique.

Alors, il va mettre méthodiquement sa vie en l'air. Voilà ! C'est simple, dit comme ça. Un beau plan, facile d'exécution, simple. Une seule ligne de conduite : se mettre en l'air, méthodiquement. Reprendre une gorgée, puis la suivante et puis encore une. Il s'affaisse encore un peu plus ; l'ombre n'est plus une ombre. Maintenant c'est un tas, une tache plus sombre parmi les ombres de la nuit. Il s'en fiche, il continue à boire, à s'effondrer. Il boit et pourtant il descend de plus en plus loin dans la souffrance, dans ce puits noir et sans fond qui l'attire et dans lequel il tournoie sans fin, lentement.

La seule espérance qu'il lui reste est, qu'au bout de ce puits, il se sente moins mal, qu'il ne sente plus rien, en fait. Ce serait la meilleure solution pour se sentir moins mal ; ne plus rien sentir, puisque tout ce qu'il sent pour le moment se transforme en souffrance. Il lui suffit de toucher quelque chose de l'âme pour sentir la peine, la douleur monter. Il suffit qu'une pensée vienne à la limite de sa conscience, à la frontière de ce qui est lui, pour que ce contact, aussi léger soit-il, lui envoie une décharge de souffrance par tout le corps. La seule solution qu'il lui reste, c'est de s'anesthésier de plus en plus, de mieux en mieux, s'anesthésier jusqu'au fond de la souffrance, de la bouteille. Il espère juste une chose ; que cette anesthésie soit totale, définitive, durable. Il espère juste une chose ; que cette anesthésie le mette à l'abri du retour de la vague de souffrance qui viendra lui tordre de nouveau l'estomac demain matin, dès qu'il sera de nouveau un peu conscient.

Mais pourquoi est-il en train de penser à ça ? se demande-t-il dans un sursaut de lucide torpeur. Il est en train de boire pour oublier demain, pas pour se souvenir que demain reviendra. La rage le prend, le désespoir aussi. Ça ne suffit donc pas ? Il ne sait même plus tenir debout et pourtant son cerveau est encore assez éveillé pour qu'il pense au retour de la souffrance demain matin ? Il veut se lever mais n'y arrive pas. Il se soulève à peine, la masse sombre qu'est son corps frémit, ondule et s'affaisse à nouveau. Il n'arrive plus à se lever, marcher. Il ne peut plus rien faire sauf se laisser glisser peut-être, se laisser tomber encore plus et même ça, ce sera difficile.

Mais c'est ce qu'il veut faire. Il vient de prendre sa décision, d'un coup. Maintenant, il sait. Ce qu'il veut, c'est se laisser couler, au fond, au fond de son désespoir. Et surtout, qu'il n'y ait pas de lendemain matin. Il veut se laisser rouler sur la berge, sur cette pente qui l'entraîne. Le fleuve n'est pas très profond à cet endroit, moins d'un mètre, mais un mètre, ce serait suffisant dans l'état où il est, trente centimètres seraient suffisants, une flaque serait suffisante. Tout ce qu'il a à faire, c'est se laisser aller et commencer à rouler pour y tomber, dans le fleuve. Il n'y aura personne pour l'entendre à cette heure-ci, personne pour le repêcher. Ils le découvriront demain, au départ du bateau pour San Carlos. Ce sera parfait.

Il s'élance mais plus rien ne semble répondre en lui. Il s'énerve, s'entête. Il veut y arriver, il y arrivera. Il faut, se dit-il après plusieurs tentatives, y aller petit à petit. Il n'est plus capable de se lever, en effet, mais il est encore capable de bouger une jambe, non ? Prendre la jambe gauche et l'étendre devant lui : ça, il peut encore faire, non ? Mais la prendre avec quoi ? Il se rend compte, paniqué, qu'il ne sent même plus ses mains. Il regarde celles-ci au clair de lune pendant quelques secondes : est-ce que ce sont vraiment ses mains ? Il ne sent plus rien. Il va les forcer à faire le travail demandé : prendre la jambe gauche, la déplier, l'étendre et voilà. Maintenant, son pied a dépassé le rebord de la pente et pend mollement dans le vide. Là, il faudrait qu'il arrive à étendre la deuxième. Mais celle-ci lui pose plus de soucis. Elle résiste, elle lui résiste.

De nouveau, la colère monte en lui face à ce corps qui lui résiste. Est-ce que son corps va le tromper, le trahir maintenant qu'il a pris sa décision ? Sa colère se transforme rapidement en apitoiement. Il pleure maintenant, il sanglote. Il veut que tout s'arrête. Il veut que la souffrance s'arrête. Il veut que la progression des vagues de douleur s'arrête. Il veut que la marée montante des vagues de douleurs, chacune le blessant encore plus haut au cœur que les précédentes, s'arrête. Il a fait son choix, il a pris sa décision. Est-ce que la mort ne peut donc pas venir facilement, rapidement ? C'est la seule chose, la dernière chose qu'il demande au monde, puisque tout le reste lui a été refusé.

Et il tire sur cette jambe droite qui lui résiste. C'est un piquet de bois qu'il tire avec deux mains en bois, elles aussi. Et ces mains de bois ne lui donnent aucune indication sur ce qui coince. Ses larmes se transforment de nouveau en rage. Il y arrivera, il va y arriver ! Et il tire de toutes ses forces avec ces mains de bois. Il tire et se rend compte que la jambe droite bouge enfin, qu'elle vient de réussir à passer au-dessus du caillou qui la coinçait, qu'elle peut maintenant glisser sur la surface de celui-ci puis retomber de l'autre côté. Et ça, ça lui permet d'avoir maintenant les deux jambes qui surplombent la pente.

Il s'arrête un moment, content d'y être arrivé. La satisfaction enfantine de pouvoir faire aller les pieds dans le vide l'occupe quelques minutes. Puis, il se souvient à nouveau de ce qui lui importe vraiment. Il essaie de focaliser à nouveau son cerveau abruti sur son but. Cela va être facile maintenant. Il lui suffit de se pencher sur le côté, de se laisser aller, de s'affaisser, de laisser la vitesse acquise le faire rouler. Il tombera dans le fleuve la tête la première et sera bien incapable de s'en dégager seul : facile, simple et inéluctable une fois le mouvement mis en route.

La chose se réduit maintenant à une décision si simple : s'incliner à gauche ou à droite ? En fait, il n'y a même pas besoin de décider. Il suffit de laisser faire le corps. Et le corps lui obéit, enfin, lui répond lentement, se tasse sur lui-même. Il s'affaisse, le corps, et décide pour lui de la direction à prendre. Il constate avec une satisfaction noire et détachée, en observateur impartial, que le corps prend de la vitesse, qu'il n'a même pas fallu que le torse touche l'herbe pour qu'il se mette à rouler. Oh, ce ne sont pas les beaux roulés de son enfance, quand il s'élançait du haut de la colline derrière chez lui, les bras tendus, le corps arqué et bien perpendiculaire à la pente dans le but de prendre le plus de vitesse possible, de rouler le plus droit possible et d'arriver plus bas que son cousin. Non, en tant que roulé, ceci serait assez pathétique, juge-t-il impartialement, un des pires de sa vie. Par contre, niveau efficacité, rien à redire. Ne vient-il pas de descendre de deux mètres en quelques secondes ? Pour un homme qui ne sait plus marcher, droit ou autrement, ce n'est pas mal, pas mal du tout, se dit-il avec une fierté puérile.

Il reste immobile une seconde et la suite de ses pensées coule lentement au fond de sa conscience. Ce n'est pas une raison pour s'arrêter en route, pour relâcher l'effort. La pente n'est pas finie. Il reste encore trois autres mètres à franchir avant d'arriver au bord de l'eau. Trois mètres ! Certes, deux sont toujours en pente mais le dernier, ou plutôt les derniers cinquante centimètres, est une sorte de rebord un peu plat qu'il lui faudra franchir en conservant son élan. Sinon, il va s'arrêter lamentablement là, si près du but. La pente, ça doit aller, non ? Il ne va pas y passer la nuit, quand même ? Et il repart. Le torse ploie sous le poids de la tête. Les mains, les bras rament vaguement dans l'air, essaient d'agripper les hautes tiges, les buissons pour se remettre à rouler. Sa respiration s'accélère. Le son de celle-ci semble exploser dans le silence de la nuit. Ah oui, parce que maintenant, la nuit est silencieuse, plus aucun bruit n'arrive de la grand-rue. Les bars se sont vidés, ont fermé. Leurs clients sont rentrés chez eux. À cette pensée, dangereuse pensée, le corps est traversé de nouveau d'une onde de souffrance. Lui, il n'a plus d'endroit où rentrer maintenant, en tout cas plus ce chez-lui, chaud à l'âme, confortable au cœur, d'avant. Il n'a plus que cette coquille vide, froide à Managua ou cette chambre d'hôtel minable, sordide, ici à Waspam. La douleur le réveille, lui donne le sursaut d'énergie nécessaire pour se redresser à moitié et basculer de l'autre côté en poussant de toutes ses forces. Et le corps lui obéit à nouveau.

Il se remet en mouvement, roule, prend de la vitesse, en perd, en regagne après avoir passé une bosse, ultime obstacle que la pente lui oppose. Et c'est maintenant le moment crucial. Ne pas ralentir. Surtout, ne ralentir. Se pousser sur le replat, se jeter. Non, se jeter n'est pas le bon mot ; s'avachir, s'effondrer dans l'eau du Rio Coco, tête la première. Sentir le contact tiède de celle-ci, les cheveux qui se mouillent, les vêtements qui s'alourdissent, le visage qui se lave de ses larmes, l'eau qui l'entoure, l'obscurité qui le noie. L'obscurité le noie sans résistance de sa part. L'eau est noire, l'eau est une matière noire qui l'entoure, le remplit. Il sent ça vaguement, l'eau est en train de le remplir. Ses poumons peuvent avoir envie de résister un peu mais le reste du corps s'en fout, bienheureux de rester immobile. L'esprit, lui, est calme, serein, presque joyeux même. Tout s'arrête, enfin ; toute la souffrance, tous les regrets. Il se détache de tout, facilement. Plus rien n'a vraiment d'importance maintenant. Il se rend compte de cette vérité simple, poignante ; plus rien n'a d'importance face à la seule réalité inéluctable, la mort. Le cerveau commence à fonctionner au ralenti, les pensées s'estompent.

Puis, il y a une dernière pensée qui surnage à la surface de la conscience, à la surface de l'eau noire ; la pensée de l'ironie que ce soit au moment où il arrive à se tuer qu'il se rend compte qu'il n'y a pas vraiment de raison pour ; qu'il se rend compte qu'il pourrait vivre sans cette souffrance, même si pas parfaitement heureux. Et pourquoi pas parfaitement heureux ? Pourquoi est-ce que ça ne serait pas possible ? Parce que ce serait une manière d'abandonner ? Abandonner quoi ? La réponse vient avec la lucidité de qui n'a plus à prétendre quoi que ce soit, même vis-à-vis de lui-même ; abandonner le rôle de l'homme blessé à mort. Abandonner le rôle de l'homme blessé à mort, il s'y était refusé jusqu'à maintenant. Parce que cela aurait été une manière de dire que, finalement, ce qu'elle lui avait fait n'était pas si grave. Que s'il arrivait à être parfaitement heureux, malgré ce qu'elle lui avait fait, c'est elle qui gagnerait. Qui gagnerait quoi ? Le droit de pouvoir se dire que ce n'était pas si grave d'être partie ? Le droit de pouvoir vivre sans se soucier de s'il avait mal ou pas ? Ça, c'était encore lui au sommet de la berge, la bouteille à la main.

Tandis que maintenant, il sent bien qu'à ce jeu, il n'y a ni gagnant ni perdant. Il n'y a que la mort qui arrive, pour tout le monde, pour lui maintenant, pour elle un jour. Et la mort, elle est en train d'arriver drôlement vite dans son cas à lui ! Ce sont ses derniers moments de pensée consciente. Il est arrivé au bout. Il le sent. Son corps se réveille, hurle dans un dernier sursaut qu'il n'est pas arrivé au bout, qu'il doit se relever, qu'il suffit qu'il relève la tête de vingt centimètres pour respirer et que, hors de l'eau, l'air est doux et frais, comme la vie. Ses jambes commencent à s'agiter, ses bras à remuer, à essayer de le soulever. Les soubresauts se font de plus en plus violents. Son corps a décidé de se mouvoir, ses bras émergent de l'eau, maladroitement, retombent au fond, sa main gauche trouve un galet sur lequel s'appuyer. Le galet tient. Tout le poids de son corps porte maintenant sur ce galet. Puis, ce sont ses pieds qui veulent le faire pivoter, le remettre face à la berge. Ses mouvements sont désordonnés, malhabiles mais son corps y arrive. Il trouve un second appui pour son autre main. Et sa tête se soulève, légèrement, juste assez pour que son nez émerge, que sa bouche suive et aspire la première goulée d'air tout en recrachant de l'eau. Il s'est mis à genoux dans l'eau, appuyé sur ses deux poings, la tête penchée en avant. Il se sent pris de nausées, l'estomac essaie de rejeter l'eau qu'il a avalée, les poumons essaient de rejeter l'eau qui les remplit. Il se contracte, s'ébroue, tousse, vomit dans le Rio Coco. Il dégouline d'eau. Épuisé, il arrive à se hisser de quelques centimètres, juste assez pour que sa tête repose sur la berge quand son corps épuisé se laisse de nouveau tomber en avant. Il reste immobile de longues minutes. Les hoquets et les contractions de son estomac s'apaisent. Un goût aigre de bile lui reste en bouche. Son cœur ralentit, reprend un rythme normal.

Il sent deux mains solides le soulever sous les aisselles, le tirer, le haler sur la berge, le mettre au sec dans le début de la pente puis le retourner, lui appuyer le dos contre l'herbe et l'asseoir à moitié. Une voix bougonne gronde. N'a-t-il pas idée, lui, un homme éduqué de la ville, de venir se vautrer dans le rio comme n'importe quel ivrogne du village ? Il hésite ; dire la vérité ou pas ? Il capte le regard du batelier en charge du service de San Luis toujours penché sur lui dans la pâle lueur de l'aube et il comprend que ce dernier sait. Il n'y a rien à dire, rien à dire d'autre qu'un « ne t'en fais pas, je ne recommencerai pas ». Le batelier l'examine en silence, longtemps.

Enfin, un sourire se fait alors jour sur son visage soucieux.

— Ne t'en fais pas, répète-t-il en se soulevant péniblement, aidé du batelier. « Ne t'en fais pas » répète-t-il une dernière fois en lui serrant la main et en se dirigeant en titubant vers le petit escalier de ciment à deux mètres sur sa gauche. Il grimpe les quelques marches et se retourne vers le Rio Coco. Il se retourne vers l'aube qui se lève sur le rio dans une explosion de roses et de jaunes. Il se retourne sur la silhouette sombre en contrebas qui continue à le regarder, la tête penchée en arrière. Et il se retourne, s'en retourne à son hôtel, s'en retourne prendre une douche, dormir quelques heures. Tantôt, il repartira pour Managua.

PANAMA

MOGUÉ

DAISY REPOUSSA LE HAMAC d'un pied nerveux pour lui donner une nouvelle impulsion. Lucy lui jeta un coup d'œil interrogateur. N'était-il pas temps de se préparer ? L'après-midi touchait à sa fin. On les appellerait bientôt pour rejoindre la plateforme où on allait parquer les touristes cette fois, la plateforme la plus éloignée du centre du village. Daisy ne prêta pas attention au regard de Lucy et renvoya le hamac d'un coup de pied encore plus violent. Vraiment, se dit Lucy, il y avait quelque chose qui clochait. D'habitude, Daisy était toujours la première à se préparer, se coiffer, mettre ses colliers. C'était toujours une occasion de s'amuser lorsqu'un groupe de touristes débarquait au village, déambulait entre les plateformes et posait des questions idiotes. Et puis, elles pouvaient se déguiser, laisser tomber l'uniforme scolaire et faire semblant de danser devant eux. Et en plus, avec un peu de chance, elles pourraient après la danse vendre un masque ou un panier ; bref, le pied. En tout cas, c'est ce que pensait Lucy en enlevant la jupe bleu marine et la chemisette blanche de tous les jours pour ceindre la jupe traditionnelle, défaire sa queue-de-cheval habituelle et peigner ses longs cheveux noirs pour les séparer par une raie bien droite et ramener les deux parties sur le devant du corps de chaque côté du visage et de son buste... même si, elle, elle n'avait encore rien à cacher. Lucy jeta un regard en biais à Daisy qui s'était mise à faire pareil sans dire un mot. C'était donc ça, se dit l'enfant. Il fallait dire que les garçons n'en manquaient pas une pour les harceler et que, depuis trois mois, sa grande sœur avait changé. Depuis, jouer les bonnes petites indiennes ne l'amusait plus du tout. C'était donc pour ça mais, bon, elle pouvait faire comme d'autres grandes faisaient, non ? Apporter le tee-shirt qu'elle était en train d'enlever et le placer devant elle, en le tenant coincé contre son buste d'un bras comme la Magdalena et la Suza faisaient, et le laisser tomber juste au moment de commencer à danser. Il n'y avait que les vieilles qui s'en fichaient vraiment d'apparaître en public poitrine nue. Et la Doris. Mais la Doris, c'était différent ; elle était mieux payée, elle faisait le guide, elle. Elle pouvait bien s'en accommoder avec le salaire qu'elle recevait.

Sur la rivière, la lancha avançait en cherchant son chemin entre les bancs de sable. Pas assez d'eau, se dit David, pas assez d'eau et on n'est qu'en mars. Qu'est-ce que ce serait en mai ? Il faudrait annuler certains tours si ça continuait ainsi, sans pluie pour faire remonter le niveau de la rivière. Il survola du regard son petit monde. Un groupe pas encore trop désagréable, conclut-il. Ça pourrait être pire. Quoique... La famille américaine commençait à l'irriter un peu. Les deux gamins étaient encore bien, mais les parents ! Ils s'étaient assis chacun sur un bord opposé du bateau, le plus loin possible l'un de l'autre et tentaient en vain de capter du réseau sur leur téléphone portable, indifférents à tout ce qui les entourait, y compris leurs enfants. Il aurait pu en tomber un à l'eau qu'ils n'auraient rien remarqué. Ce n'est pas ici qu'ils en auraient, du réseau, se dit David avec un sourire. Il y avait bien un point dans la baie où on captait du signal mais ici, dans l'estuaire, il ne fallait plus y compter. C'était ça, le Darien.

Demain, pour la marche, ce seraient les plus ennuyeux, se dit-il en jaugeant d'un œil expérimenté son groupe. Les garçons ? Ils étaient encore à l'âge où ils veulent courir partout ; il faudrait plutôt les tenir en laisse. Le professeur de mathématiques à la retraite, passionné d'ornithologie ? Il serait mort en chemin plutôt que de rater ça ; ajouter un aigle harpie à sa liste. Les jeunes mariés ? Ça devrait aller ; si la fille flanchait, le mari serait là pour s'en occuper. On verrait bien, se dit David, fataliste. De toute façon, aujourd'hui le programme était léger. On les occuperait comme on pourrait au village pour la fin d'après-midi et on les enverrait se coucher tôt. Ce serait déjà ça de gagné.

Pourvu que Doris soit bien là à les attendre, se dit-il dans une vague soudaine d'angoisse. Il ne manquerait plus que ça, être seul pour gérer un village en colère. La communauté avait demandé une hausse de salaire, deux cents dollars de plus par visite. Au téléphone, le patron avait été clair ; c'était non, sans discussion. Si on commençait comme ça, ils n'arrêteraient pas de réclamer plus. Et où serait leur rentabilité alors ? Il avait ajouté qu'en cas de problème, il annulerait le circuit du Darien et le remplacerait par le parc du Soberiana, proche de Panama City, pour des tours réduits encadrés par des guides du bureau. Ce seraient les guides indépendants, comme lui, qui se retrouveraient sur le carreau. Les responsables de la communauté l'avaient mal pris lorsqu'il leur avait transmis la réponse. La dernière visite, déjà, n'avait pas été des plus simples. Cette fois-ci, ce serait encore pire. Mais comment annoncer à son groupe que la prétendue communauté intacte était en grève contre son employeur ? Ça casserait un peu l'image, non ?

Où était passé le Darien de son enfance ? Son père, lui, avait été un vrai aventurier à une époque où c'était encore un exploit de pénétrer à l'intérieur des terres. Lui, le fils, il se contentait de faire le guide pour des touristes auxquels il essayait de faire croire qu'ils étaient des aventuriers. Seuls les passionnés d'ornithologie en avaient vraiment pour leur argent, en fin de compte. Leur but était clair, ajouter un oiseau pas encore vu à leur « liste » ; la liste des oiseaux vus de leurs yeux à eux, la liste qu'ils avaient tant de fierté à partager avec d'autres ornithologues amateurs, en passant, sans avoir l'air d'insister (« aigle harpie », ça faisait très bien sur la liste pour un Européen). Mais, finalement, cette course éperdue à la liste - la liste la plus complète, la plus touffue, la plus rare possible - lui semblait bien futile, elle aussi. Parfois, il se disait que la « liste » remplaçait avantageusement l'envie de s'émerveiller, de comprendre et de connaître.

Sur la rive, près du petit quai où les pirogues débarquaient, Doris jouait avec ses colliers en repoussant de son pied nu quelques détritus dans la rivière. Comment faire pour annoncer la nouvelle à David ? Dans un sens, c'était très simple. La communauté en avait assez. Surtout depuis qu'un petit jeune de retour de la ville leur avait dit les prix des tours sur leur site internet. Mille six cents dollars par personne. Énorme, tout simplement. Et eux, au village, qu'est-ce qu'ils recevaient pour assurer la couleur locale, les héberger, trouver au printemps où ces foutus aigles harpies allaient nicher cette fois et conduire chaque groupe ? Rien, ou presque. Si, la chance de pouvoir essayer de vendre quelques paniers à chaque passage. La communauté en avait marre et c'était elle, Doris, qui prenait à la place du bureau, se dit-elle, furieuse. Enfin, il faudrait faire semblant, cacher tout ça au mieux, les faire aller aussi peu que possible dans le village, espérer que les filles danseraient un peu mieux aujourd'hui que la dernière fois, que les paniers et autres babioles les intéresseraient assez pour tenir jusqu'à la tombée de la nuit. Elle ne voyait vraiment pas comment on pourrait les laisser s'éparpiller dans le village cette fois-ci ; trop d'énervement, trop de risques que quelqu'un qui ne savait pas tenir sa langue leur parle de leur demande d'augmentation au bureau...

Peter rangea son téléphone dans sa poche, découragé. Ce n'était vraiment pas la peine de s'obstiner ; il ne captait aucun réseau. Il n'avait pas pensé à ça. Dures les vacances, dur de devoir faire semblant, alors que c'était la première fois depuis longtemps qu'il avait l'occasion de voir les garçons, qui étaient devenus quasi des étrangers pour lui. C'était fou la vitesse à laquelle ils avaient grandi. Et leur mère, n'en parlons pas, se dit-il désabusé, une semaine avec elle relevait de la torture. Pourquoi ne pas divorcer comme Jane ne cessait de lui répéter ? Au moins, ce serait la fin de l'hypocrisie. Il en avait marre de l'hypocrisie. Et l'hypocrisie, c'est ce qu'il voyait tout autour de lui, en lui. L'hypocrisie le submergeait. Il voulait une vie « vraie ». Mais c'était quoi une vie vraie ? Une vie avec ou sans Jane ? Cette décision-là, ce serait pour après les vacances.

Peter émergea de ses pensées en s'apercevant que la lancha ralentissait, moteur à bas régime, et décrivait un large cercle qui l'amena parallèlement à une petite jetée de béton. On était arrivé, enfin. On allait pouvoir se taper une après-midi de vie « vraie » chez les indiens. Il inspecta du regard le petit quai sur la rive. De manière assez surprenante, il n'y avait qu'une jeune femme à les attendre ; jupe traditionnelle, pas de haut et seulement ses longs cheveux noirs luisants et ses colliers pour lui couvrir le buste. Pas mal, se dit-il au premier abord, puis il changea d'avis en voyant sa bouche édentée lorsqu'elle leur sourit.

David héla Doris, lui lança l'amarre et sauta du bateau pour la rejoindre sur le petit quai de béton. Il s'éloigna tout de suite du groupe en agrippant la jeune femme par le coude et l'interrogea à voix basse. Le village était-il en grève ?

— Non, pour cette fois, ça ira encore, répondit Doris en dégageant son bras d'une secousse. Mais pour la prochaine, c'est non. Plus à ce prix-là. Et tu as tout intérêt à tenir ton groupe le plus à l'écart possible ; il y a trop d'excités.

David, soulagé, revint vers son troupeau avec un sourire de commande, les fit débarquer ainsi que tout le matériel. Pépé et Simon s'occuperaient de ça, leur assura-t-il en les emmenant vers le village. Il ne rata pas une occasion de s'arrêter pour leur indiquer un oiseau qui s'envolait à leur passage ou une plante sur la rivière ; c'était toujours ça de gagné. Doris faisait de son mieux pour discuter avec l'une ou l'autre des femmes mariées, se tenant à l'écart des hommes.

Les seuls qui avaient l'air de s'amuser, c'étaient les garçons, se dit David. Trop jeunes pour capter ce qui se passait. Par contre, ce qui n'était pas top, c'était de les voir filer seuls vers le village dont on apercevait les premières cases perchées sur leurs plateformes. Il leur cria de revenir vers le groupe. David constata sans surprise que Doris les mena vers la plateforme la plus à l'écart. C'était en effet plus sage comme ça. Les touristes seraient ravis de dormir en hauteur. Un des gamins voulait même dormir dans un hamac plutôt que dans une de ces petites tentes à moustiquaires que Simon et Pepe avaient apportées. Ils adoraient le tronc à encoches servant d'échelle, la plateforme en bois couverte d'un toit de palmes et la vue qu'on avait du village de là-haut. Les touristes étaient faciles à satisfaire, en fait, se dit David. Doris en profita pour leur faire son premier discours sur l'histoire du village, sa création, le nombre d'habitants, son truc habituel, quoi... Ça lui donnait le temps de vérifier que Simon et Pepe n'avaient rien oublié et de commencer à préparer le camp. Ils voudraient malgré tout faire un tour, se dit David. Son regard croisa celui de Doris qui sembla comprendre et répondit par un léger hochement de tête. Oui, ce serait possible. Au moins, ils sauveraient les apparences. Le troupeau suivit docilement Doris lorsqu'elle leur proposa de redescendre et de visiter le village. Ça donnerait le temps à quelques vieilles femmes d'installer leurs masques et leurs bols sur des vieilles couvertures au pied de la plateforme. Ça lui donnerait, à lui, le temps de filer parler deux minutes au chef de la communauté. Il lui fallait un guide pour le lendemain matin. Quand il revint de son entretien, qui s'était mieux passé que prévu, il trouva le spectacle bien en train. Les filles étaient arrivées et faisaient de leur mieux pour chanter et danser deux ou trois pas traditionnels. Les touristes, eux, faisaient semblant de trouver ça intéressant. Tout le monde faisait semblant, se dit cyniquement David.

Tout le monde faisait semblant, se dit cyniquement Peter. Il avait bien remarqué que cette Doris ne semblait pas déborder d'allégresse à leur venue... Et ce village ?

Il n'était pas trop sûr que ce soit vraiment la joie de les voir débarquer. Même ces gamines faisaient semblant, il le voyait bien. Tout ceci ennuyait à mourir la troisième à partir de la gauche. Elle avait vraiment envie d'être ailleurs, c'était évident. Il n'y avait que la plus petite des fillettes qui semblait un peu s'amuser. Dès que la musique s'arrêta, les gamines saluèrent et se précipitèrent sur les tee-shirts qu'elles avaient laissés tomber en arrivant, s'en couvrirent le torse et se sauvèrent en courant. Seule la petite qui souriait tout le temps resta avec les vieilles pour s'occuper de deux ou trois étalages. Et voilà, se dit Peter, maintenant, il faudrait faire semblant d'avoir envie d'acheter quelque chose ! Quoique, se dit-il en regardant Catherine, elle, elle ne faisait pas semblant, elle avait l'air de trouver ça vraiment beau et de vouloir vraiment acheter le panier qu'elle tenait déjà en mains. Était-il possible que Catherine ne capte rien, ne voie rien, ne suspecte rien ? Oui, c'était possible, se dit Peter puisqu'elle ne captait rien, ne voyait rien, ne suspectait rien pour Jane. Catherine ne captait rien, ne voyait rien, ne suspectait rien de l'ambiance de merde de ce village étrange. Elle était enfermée dans son monde idéal : elle avait un mari adorable, des enfants adorables, le village était adorable, ces paniers étaient adorables.

Lucy vint s'asseoir près de sa mère qui s'était installée avec son paquet à l'ombre de la plateforme. Elle s'était bien amusée et n'avait pas envie de faire comme Daisy qui s'était enfuie vers le village dès la danse terminée. Elle voulait vendre, elle ! Elle voulait que cette belle dame blonde lui achète au moins un masque et deux bols. Sa mère en avait besoin. Elles en avaient besoin. Les touristes passaient d'un étal à l'autre et faisaient leur choix sans se presser.

Doris approuva la chose du regard. Ils en avaient encore pour une bonne heure comme ça. On était déjà en train de leur préparer leur repas. Une fois les ventes faites, les paquets repliés, on les ferait manger et puis dormir tout de suite, au coucher du soleil. Au moins comme ça, on les verrait le moins possible au village. Et le lendemain matin, le vieil Hernan viendrait les chercher à six heures pour les mener au nid... loin du village. Elle les abandonna là, son rôle terminé ; c'était à David de s'occuper d'eux, non ?

Peter observa avec amusement ses fils hésiter, revenir, prendre un masque (ça, c'était ce qui intéressait les garçons, les masques de jaguar). Il leur donna à chacun de quoi s'offrir une de ces inutilités qu'ils oublieraient au fond d'un tiroir dès leur retour à New York. Pendant ce temps-là, Catherine s'achetait plusieurs plats en vannerie avec un sourire de satisfaction. Celle qui avait encore un plus grand sourire, c'était la gamine qui venait de réussir sa vente. Pour elle, c'était vraiment important, se dit Peter. Enfin, le soleil baissa, les femmes remballèrent leur marchandise dans leurs couvertures et disparurent. On les laissa manger en paix. Au moins, ce n'était pas un village où leurs faits et gestes étaient épiés par une meute curieuse.

Catherine se retourna à la recherche d'une meilleure position. Elle sentait au creux des épaules le bord d'une des planches mal ajustées de la plateforme sur laquelle avait été déposée la petite tente qu'elle partageait avec Peter. Lui dormait déjà, lui tournant le dos. C'est bien lui, ça, se dit-elle en lui tournant le dos à son tour ; prêt à s'accommoder de n'importe quelle situation. Qu'il lui tardait d'en finir de ces vacances ! Elle n'en pouvait plus, tout simplement. Elle n'en pouvait plus de faire semblant, semblant de s'amuser, semblant de s'intéresser à la visite d'un village, à la randonnée du lendemain... Qu'en avait-elle à faire des plats de vannerie et des aigles harpies ! D'ailleurs, ces plats qu'elle avait achetés cette après-midi, ils étaient hideux. Elle les donnerait dès son retour au magasin Oxfam, où elle déposait ses vêtements inutiles. Et dès son retour, elle ferait le grand ménage. Elle n'en pouvait plus de vivre dans cette hypocrisie, « pour les garçons ». Elle cèderait aux demandes de Michael, elle demanderait le divorce, dès leur retour. Et si Peter le prenait mal, s'obstinait, tant pis. Tout ce qu'elle voulait, elle, à l'opposé de Peter qui semblait être capable de tout accepter, c'était en finir avec cette hypocrisie, vivre une vie vraie.

COSTA RICA

NUEVA YORK

UNE PETITE FILLE pleine de joie et d'entrain, sa petite fille pleine de joie et d'entrain ; c'est comme ça qu'elle aimait se la rappeler. Certainement pas comme l'adolescente actuelle ; l'adolescente actuelle, elle devait se l'avouer, la faisait chier. C'était d'ailleurs réciproque. Mais qu'est ce qu'elle avait fait au bon dieu ? se demanda Marta en sortant de la station de métro de Rector Street. Oui elle devait lui avoir fait quelque chose à Dieu, se répéta-t-elle dans le vestiaire de l'hôtel ou elle enfila son uniforme de femme de chambre avec un soupir. Sinon, pourquoi est-ce que sa petite fille pleine de joie et d'entrain serait-elle devenue comme ça : un monstre d'égoïsme qui ne voulait plus rien entendre quand elle lui donnait un conseil, plus lui parler, plus voir la famille, sa famille ! Une gamine qui, en plus, ne mangeait plus rien ; elle avait beau faire semblant de manger aux repas, elle, sa mère, n'était pas une idiote. Il suffisait de lui voir la peau sur les os pour savoir qu'elle ne mangeait pas. Et puis, le langage avec lequel elle s'adressait à elle, sa mère, ou même à ses oncles quand ils essaient de la raisonner ! La seule de chose de bon, se dit Marta en poussant son chariot de nettoyage, c'est qu'elle continue de travailler à l'école, qu'elle continue à être première de sa classe comme elle l'a toujours été. Mais à part ça ! Ne venait-elle pas d'inventer de se faire teindre les cheveux en blond ? Qu'y avait-il de mal à garder les cheveux bruns que le Seigneur lui avait donnés ? Déjà que le tatouage sur la cheville, elle, Marta, l'avait moyennement apprécié. Mais bon, c'était discret au moins. Marta rentra dans la chambre cent quarante-sept et soupira sans trop savoir si c'était à cause de sa fille ou de l'état de la chambre. Décidément, il y en avait qui - parce qu'ils étaient à l'hôtel - se conduisaient comme des porcs. Et pourtant, c'était un hôtel « bien », un hôtel censé accueillir des hommes d'affaires. Mais non, de vrais porcs ! À croire qu'ils se lâchaient une fois en voyage, comme des enfants sans parents pour les surveiller. Marta enfila ses gants et commença par le lavabo de la salle de bain.

Kiki se réveilla, regarda le réveil - trop tard pour le premier cours - bascula hors du lit, chercha ses pantoufles du bout des orteils, sortit de sa chambre et se dirigea vers la cuisine. Elle se prépara, comme d'habitude, un bol de céréales dans du lait chaud et se dit que, décidément, elle ne devait plus sortir avec les frères Mancini un soir de semaine. Elle se sentait vraiment trop jetée pour pouvoir jouer quelque rôle que ce soit à l'école. Elle se prétendrait malade comme d'hab. et demanderait à Latifa ses notes de cours. De toute manière, elle rattraperait toujours. Trop facile tout ça, trop ennuyeux déjà comme ça. C'était déjà trop ennuyeux en séchant régulièrement mais si en plus, elle était là tout le temps ! À mourir, décida-t-elle.

Kiki se demanda quoi faire en attendant de sortir de sa gueule de bois ; ce n'était pas le moment de s'appliquer à son devoir de français. D'ailleurs celui-ci était déjà quasi terminé et il était bon. Elle le savait bien qu'il était bon, sans faute. Elle ne comprenait pas comment les autres en faisaient tant, des fautes ; c'était si facile pourtant, non ? On ne leur demandait vraiment pas la lune. Enfin, non, en entendant

Pietro Mancini ou la petite Morales se plaindre à chaque fois qu'on leur en donnait un, de devoir, il semblait que c'était difficile pour eux. Celui-là, elle le finirait demain à la cafétéria de l'école, juste avant le cours. Comme d'hab.

Aujourd'hui, elle allait s'octroyer un jour de congé. Elle était malade, non ? Un sourire malicieux apparut sur le petit visage aux traits tirés. Elle se dirigea vers la salle de bain en abandonnant sur la table le bol encore à moitié plein ; il ne fallait pas non plus exagérer. Elle commença par se faire vomir, comme chaque matin. Une fois la chose faite, elle se demanda si elle prendrait une douche. Mais non, elle n'avait pas envie. Par contre, ce qui lui faisait vraiment envie, c'était d'essayer le nouveau vernis à ongles qu'elle avait acheté la veille. Elle retourna dans sa chambre, s'installa sur le lit défait et commença l'opération, s'appliquant à son travail. Elle voulait que ce fût parfait, utilisant alternativement le vert datant d'il y a déjà deux mois et le turquoise tout neuf. Elle contempla ses longues mains brunes ; elles ressemblent à des pattes d'araignée, songea-t-elle avec satisfaction en les faisant lentement tourner au bout de ses poignets étroits, doigts écartés, pour faire sécher le vernis plus rapidement.

Comme si une fille ne pouvait pas être première de classe et aussi aimer le vernis à ongles turquoise, se dit-elle rageusement ; et même aller se saouler avec les Mancini, aussi ! Elle savait bien ce que sa mère pensait de ça. Mais de toute façon, sa mère, elle n'avait rien à dire ! Et puis, elle n'était pas là souvent non plus quand elle était de soirée en cuisine. De toute manière, que pouvait-elle bien lui dire ? Sa mère, elle était restée en pensée au village. Elle avait beau vivre à New York depuis quinze ans, c'est comme si elle était restée là-bas. Son anglais était toujours mauvais, et c'était bien normal puisqu'elle ne parlait qu'aux Martinez qui tenaient l'épicerie du bas de la rue, à la veuve Portillo, ou aux autres membres de la communauté costaricaine qu'elle voyait chaque dimanche à l'église.

Ça faisait longtemps qu'elle, elle avait échappé à « ça », se dit Kiki avec satisfaction. « Ça », c'était parler espagnol, aller à l'église costaricaine le dimanche, manger costaricain, fréquenter un « gentil garçon »... costaricain bien sûr. « Ça », ça ne l'intéressait pas. Elle, elle voulait s'intégrer et le Costa Rica, pas question qu'elle y retourne sauf en touriste, peut-être, comme Jenny ; Jenny dont le père divorcé voulait prouver qu'il s'occupait mieux de ses enfants que son ex et qui les avait emmenées une semaine en vacances là-bas, elle et sa sœur. Le Costa Rica que Jenny avait raconté ne collait pas trop avec celui de sa mère et de la veuve Portillo. Ce Costa Rica, celui des touristes, des tours dans la jungle, des volcans et des éco-lodges confortables, peut-être accepterait-elle de le visiter.

Costa Rica, Costa Rica, Costa Rica, les mots dansaient en même temps que les mains au bout de ses poignets étroits. C'était quoi le Costa Rica, se demanda-t-elle, brusquement submergée par le désarroi. Le Costa Rica de Jenny ? Celui de sa mère ? Celui de l'allocution qu'elle avait dû un jour préparer ? Celui qui avait aboli son armée en 1948 pour se concentrer sur l'éducation ? C'était ça qui l'avait le plus frappée en la rédigeant, cette allocution.

Mais alors pourquoi sa mère était-elle venue ici « pour lui donner une chance », comme elle n'arrêtait pas de le lui répéter ? Une chance de quoi d'ailleurs ? D'avoir un travail minable et mal payé de femme de chambre dans un hôtel de Manhattan ? C'était quoi finalement la vérité ? Son éducation à elle, Kiki, elle aurait été quoi si elle était née là-bas au lieu de venir ici dans le ventre de sa mère ? Est-ce que ça aurait été mieux pour elle, Kiki, que cette école minable du Queens où elle s'ennuyait à mourir ? Les mains au bout de ses poignets étroits tournaient de plus en plus vite. Le regard sombre les fixait mais ne les voyait pas, le choc des images dans la tête, les bribes de conversations avec la veuve Portillo, les descriptions de l'oncle Mateo... D'où était-elle, elle, Kiki ? De quel pays ?

Les mains s'immobilisèrent au bout de ses poignets étroits, le corps maigre bondit du lit défait. Assez, hurla Kiki. Assez ! Elle enfila un jean, un tee-shirt (elle eut soin de choisir le turquoise), ses sandales dorées (celles que sa mère appelait « des chaussures de pute »), et sortit de l'appartement en claquant la porte, sans trop savoir où aller. Traîner dans un parc, une librairie, la bibliothèque ? Trop bien habillée pour ça, se dit-elle. Non, elle allait prendre le métro et aller en ville, de l'autre côté de l'Hudson, même sans argent. Elle ferait comme si elle était partie pour une virée shopping. Pourquoi ne pas aller faire un tour chez Abercrombie & Fitch et prétendre qu'elle pouvait s'acheter quelque chose ? Peut-être bien qu'elle se ferait draguer par un touriste. Peut-être bien qu'elle aurait même une chance de pratiquer son français ! Elle aimait bien les touristes français ; ils avaient l'air tellement soulagés que quelqu'un semble les comprendre.

Arrivée à la station de métro, elle descendit les escaliers sentant l'urine, passa le portillon et attendit le bon train sur le quai. Il n'y avait personne à cette heure-ci de la matinée. Les gens normaux étaient déjà à l'école ou au travail. Seul M. Ho était là à attendre, au bout du quai. M. Ho, il fallait bien dire, l'ennuyait royalement avec ses histoires interminables. Zut, il l'avait repérée, se dit-elle quand M. Ho s'avança vers elle, lentement à cause de sa mauvaise jambe. Kiki mit à profit le délai pour essayer de se trouver une excuse plausible pour ne pas être en classe mais M. Ho ne songeait pas à ça. M. Ho était tout excité et, pour une fois, exubérant. Dans un sens ça tombait bien, se dit-elle fataliste ; il allait faire toute la conversation. Et M. Ho avait de bonnes raisons d'être excité. Diem Hanh, sa petite-fille préférée, l'aînée des filles de son fils, venait de donner le jour à son premier enfant, un garçon qui plus est ! Son premier arrière-petit-fils, ajouta M. Ho avec un large sourire. À ces mots, Kiki grinça des dents sans rien laisser paraître. Le vieux con ! se dit-elle simplement. Et donc, M. Ho était en route pour l'hôpital. Et donc, M. Ho voulait bien faire les choses pour l'occasion, surtout que son fils, pour le moment, avait quelques soucis avec la récession. Et donc, M. Ho continua à parler, même quand le train arriva, même quand les portes s'ouvrirent, même quand il s'assit sur une banquette déserte en la forçant à s'asseoir à côté de lui.

À moins d'avoir l'air complètement impolie, elle ne pourrait pas s'en défaire, soupira Kiki. Et elle ne voulait pas avoir l'air complètement impolie. Et elle allait donc devoir se le farcir une bonne partie du trajet. Et en plus, il n'y avait presque personne dans cette voiture, sauf les deux jeunes debout près de la porte, indifférents au début mais de plus en plus intéressés quand M. Ho se mit à raconter, de cette voix aiguë qui ne lui était pas habituelle, tout ce qu'il allait faire pour cet enfant. M. Ho n'avait jamais eu confiance dans les banques, dit-il avec un hochement de tête entendu à Kiki, surtout maintenant, donc pas question de faire de chèque. Lui, il gardait tout chez lui, en liquide. C'était plus sûr, ajouta-t-il en lançant un clin d'œil à Kiki. Le vieux fou ! se dit Kiki, alarmée en voyant les regards que s'échangeaient les deux garçons à peine plus âgés qu'elle. Il ne ferait vraiment pas le poids face à ces deux-là. D'ailleurs, elle non plus. Ils étaient trop grands et trop lourds, et il y avait si peu de monde dans ce train. Les quelques ploucs qui étaient montés après eux se gardaient bien de regarder de leur côté, observa-t-elle avec mépris. En cas d'ennui, elle ne pourrait compter sur personne. Les ennuis arrivèrent plus vite que prévu. M. Ho s'était levé, comptant descendre à la station suivante, lorsqu'un mouvement du train le projeta sur un des deux garçons, le plus grand justement. Celui-ci le retint de ses bras et Monsieur Ho commença à s'excuser de sa maladresse et à le remercier pour sa gentillesse. Kiki vit son visage s'immobiliser lorsque l'étreinte ne se relâcha pas. Le jeune homme, sans dire un mot, retenait toujours M. Ho ; M. Ho qui lui, s'affolait, jetait des regards éperdus en direction de Kiki et des autres passagers. Le pire, se dit Kiki, c'était le silence. À part le grondement du train, il n'y avait rien ; pas de cris, pas d'insultes, pas de voix rassurantes pour demander de laisser le vieil homme tranquille. Kiki sentit monter la pression d'un coup, la peur aussi, l'envie de hurler, juste pour casser ce silence. Le jeune homme parla enfin, d'une voix douce :

— L'argent, donne-nous l'argent.

M. Ho essaya de se dégager, en vain. Les quelques voyageurs présents dans le compartiment faisaient semblant de ne rien voir, de ne rien entendre, se concentrant sur leur journal, les publicités... Il n'y avait pas de bruit, non ? Il n'y avait pas de violence, non ? Kiki, paniquée, se demande ce qu'elle doit faire. Kiki, dont le cerveau pédale maintenant à toute vitesse, sent la colère monter en elle. Kiki se lève d'un bond, furieuse, sans trop savoir ce qu'elle veut faire. Elle leur demande de le laisser tranquille, rageusement. Le plus grand, celui qui retient toujours M. Ho, la regarde avec curiosité. Le plus jeune lui éclate de rire au visage après l'avoir jaugée et lui suggère d'aller se rasseoir si elle ne veut pas abîmer son vernis à ongle. Kiki, hors d'elle maintenant, bondit et vient se placer entre le plus grand et M. Ho. Kiki commence à marteler de coups de poing inefficaces le coude, le bras et le flanc du plus grand pour lui faire lâcher prise. Le plus jeune s'approche d'elle. La gifle vole sans qu'elle l'ait vue venir et la jette au sol. Les coups de pied commencent à pleuvoir. Et puis, il n'y a plus que les bras qu'elle essaie de replier pour protéger au moins son visage, le corps qui se recroqueville pour essayer de donner le moins de prise et puis, la perte de conscience.

Kiki se réveille lentement. En fait, ce n'est pas Kiki mais la douleur qui se réveille, les douleurs ; d'abord, celles au niveau des côtes : deux à gauche, une à droite, puis son genou gauche qui lance dans une fulguration brutale quand elle a la très mauvaise idée d'essayer de se mettre sur le côté, la clavicule quand elle essaie d'échapper à la douleur des côtes. Kiki gémit. Une main lui éponge le front avec un linge frais. Deux bras puissants la prennent le plus délicatement possible et la remontent dans le lit. Une voix connue, celle de sa mère, celle de sa maman, lui parle tout bas, en espagnol et lui dit combien elle a eu peur, combien elle tient à elle, combien elle ne voulait plus qu'il lui arrive quoi que ce soit, qui lui dit les petits mots de son enfance, qui l'appelle sa toute petite, sa précieuse, qui lui demande de promettre de ne jamais recommencer. Kiki lui répond tout bas qu'elle n'avait pas envie de recommencer mais qu'elle le ferait peut-être si ça lui apportait ça comme traitement.

Marta la contemple, essaie de comprendre, voit la lueur malicieuse dans les yeux de cette enfant qui sait rire de tout, même dans les pires occasions, cette enfant qui la regarde aussi avec un sérieux et une tristesse au-delà de son âge. Marta sent le corps de Kiki se détendre et voit avec inquiétude le sourire malicieux réapparaître dans les yeux de la petite. Qu'est-ce que cette enfant allait encore inventer ?

— Maman, tu aimes le vernis à ongle turquoise ? demande Kiki avant de fermer les yeux et de se rendormir, épuisée.

— Oui, ma chérie, répond Marta en espagnol.

DU MÊME AUTEUR

Le *Cycle de Xhól* :
      Livre 1 - *Le marchand de la mort*, 2012.
      Livre 2 - *Le secret du masque de jade*, 2013.

LE CYCLE DE XHÓL

ROMANS POLICIERS, romans historiques, polars ethniques, polars historiques, Le *Cycle de Xhól* est un peu tout ça à la fois. Le *Cycle de Xhól* couvre sur un siècle de temps la destinée de Dos Pilas, petite cité maya du Petén coincée entre les deux superpuissances de la région, Tikal et Calakmul. Dos Pilas - et sa population - subit le flux des victoires et des défaites au rythme des renversements d'alliances, des successions et des batailles.

Chaque roman peut se lire indépendamment et présente une intrigue policière complète dont Xhól, peintre et sculpteur à Dos Pilas est le personnage principal. Chaque roman s'inscrit aussi dans l'ensemble que constitue le cycle et dévoile à petites touches le destin de la cité et de Xhól lui-même.

Le *Cycle de Xhól* comptera en tout seize tomes menant au point culminant du cycle.

LE MARCHAND DE LA MORT

La tenture qui fermait la porte de la salle d'audience frémit. Une silhouette frêle apparut dans l'encadrement et se découpa un instant à contre-jour, mettant en relief la protubérance au niveau de l'épaule droite.

De son mouvement habituel, un glissement sur la gauche qui se détournait au dernier moment par une projection de la hanche droite vers l'avant, Xhól s'avança au centre de la salle puis se prosterna devant l'Ajaw. Celui-ci était resté d'une immobilité de pierre et ne prononça qu'un seul mot :

— Parle !

17 mai 679 après J.-C. : Xhól, peintre, sculpteur... et infirme, découvre le même matin un cadavre et que la vie n'est pas aussi simple que ça à Dos Pilas, petite cité maya du Petén coincée entre les deux superpuissances de la région, Tikal et Calakmul.

Ce cadavre, c'est celui de maître Pek, riche marchand rentré la veille d'un long voyage diplomatique dans le nord. Bien malgré lui, Xhól dirige les soupçons sur Un Chasseur ; Un Chasseur qui n'est pas le meurtrier, Xhól en a la conviction.

Xhól se sent obligé de rechercher le coupable, obligé de s'interroger sur les grands de Dos Pilas et leurs intrigues, obligé de supporter le regard méprisant des bien-portants sur sa boiterie, obligé de s'attacher aux pas de Treize Jaguar, le grand-prêtre ; un homme redoutable qui pourrait aussi bien l'aider à accomplir sa tâche que le briser.

Tout se précipite à l'annonce d'une attaque surprise de Tikal, l'ennemi de toujours. Les guerriers se préparent en hâte à partir au combat. L'Ajaw veut le coupable, un coupable : Un Chasseur sera exécuté avant son départ pour cette guerre inattendue, décide-t-il.

...À moins que Xhól ne découvre l'identité du véritable assassin avant.

LE SECRET DU MASQUE DE JADE

Jaguar Patte de Fumée s'inclina devant Yuknoom le Grand, Yuknoom de Calakmul, son père, tassé sur l'estrade où s'empilaient de multiples coussins auxquels le vieil homme s'appuyait en fermant les yeux.

— Père, vous m'avez demandé ?

— Oui, les dieux se sont adressés à moi cette nuit. Dans un rêve. Dans ce rêve, je me trouvais sur une colline, apercevant au loin la cité, notre cité, notre Calakmul : je pouvais deviner dans la mer d'arbres, le grand temple qui en émergeait, le palais aussi. Le ciel était bleu, comme ce matin. Je contemplais ma cité avec la satisfaction de la voir florissante lorsque, soudain, un nuage maléfique se forma au-dessus de la ville. De ce nuage, des éclairs s'échappèrent pour frapper la pyramide. Puis, une voix, la voix d'un dieu m'avertit, moi qui assistais impuissant et terrifié la destruction de ce qui m'importe plus que tout au monde.

— Méfie-toi, disait la voix. Méfie-toi de tous ! Tous vont te trahir s'ils le peuvent. Tous vont passer à l'ennemi s'ils le peuvent. Tous, je te le dis ; l'ajaw de Dos Pilas qui n'a jamais vraiment accepté sa défaite face à toi ; Ku Ix d'Uxul dans l'ambition de sa jeunesse ; les guerriers d'El Naranjo. Tous, te dis-je, tous veulent te trahir. Tous te trahiront s'ils le peuvent ! Les éclairs redoublèrent et mirent le feu à la cité, reprit Yuknoom. J'entendais crier, hurler. Je me suis alors réveillé en sursaut. Nous devons agir. Nous ne pouvons pas laisser notre cité risquer la destruction par la faute de ces traîtres !

— Mais, Père, ce n'était qu'un rêve...

682 après J.-C. Trois ans ont passé depuis la victoire de Dos Pilas sur Tikal. L'ajaw de Dos Pilas reçoit une invitation du seigneur Yuknoom de Calakmul, son suzerain, à venir assister aux cérémonies de mi-katun.

Xhól est du voyage. Il lui faut peu de temps pour se rendre compte de l'atmosphère malsaine faite de méfiance et de folie qui s'est emparée de Calakmul sous l'influence de son seigneur vieillissant. Peu après leur arrivée, le masque de jade représentant le seigneur Yuknoom est volé. Celui-ci s'empare du prétexte pour faire arrêter le prince d'Uxul qu'il soupçonne de trahison.

Xhól n'est pas convaincu. Pour quelle raison dérober un objet aussi précieux... aussi encombrant ? Pourquoi retrouve-t-on le lendemain du vol son créateur poignardé dans une arrière-cour du quartier des invités ?

L'AUTEUR

Amoureuse de l'Amérique centrale, juriste, spéléologue, Cécile Chabot a parcouru toute la région entre Mexique et Colombie. Elle vit maintenant à Bruxelles.

Si vous désirez en savoir plus sur son univers, rendez-vous sur *www.CecileChabot.com*. Vous y trouverez les carnets de route de ses voyages passés, des articles sur l'univers du polar, ses coups de cœur en lectures électroniques, des articles à l'attention des auteurs auto-édités... Chaque dimanche matin (ou presque), elle publie une chronique à l'attention de ses lecteurs les plus fidèles. Vous pouvez vous y abonner sur *www.xhol.cc/CecileChronique*.

Très active sur Twitter (*@CecileChabot*), elle y évoque l'actualité de l'édition électronique, l'univers du polar, l'Amérique centrale, les mayas, l'enchantement sans cesse renouvelé de la lecture et de l'écriture. Devenez fan de sa page Facebook (*www.fb.com/CecileChabotEcrivain*) et participez aux concours régulièrement organisés pour remporter ses prochains livres. Vous pouvez aussi la rejoindre sur Babelio et Goodreads où ses livres ont chacun droit à leur fiche.